천 번의 환생 끝에 6

요람 장편 소설

초판 1쇄 찍은 날 § 2017년 12월 15일
초판 1쇄 펴낸 날 § 2017년 12월 22일

지은이 § 요람
펴낸이 § 서경석

총괄팀장 § 최하나
편집책임 § 김슬기

펴낸곳 § 도서출판 청어람
등록번호 § 제387-1999-000006호
등록일자 § 1999. 5. 31
어람번호 § 제1-2814호

주소 § 경기도 부천시 원미구 부일로 483번길 40 서경B/D 3F (우) 14640
전화 § 032-656-4452 팩스 § 032-656-4453
http://www.chungeoram.com
E-mail § chungeorambook@daum.net

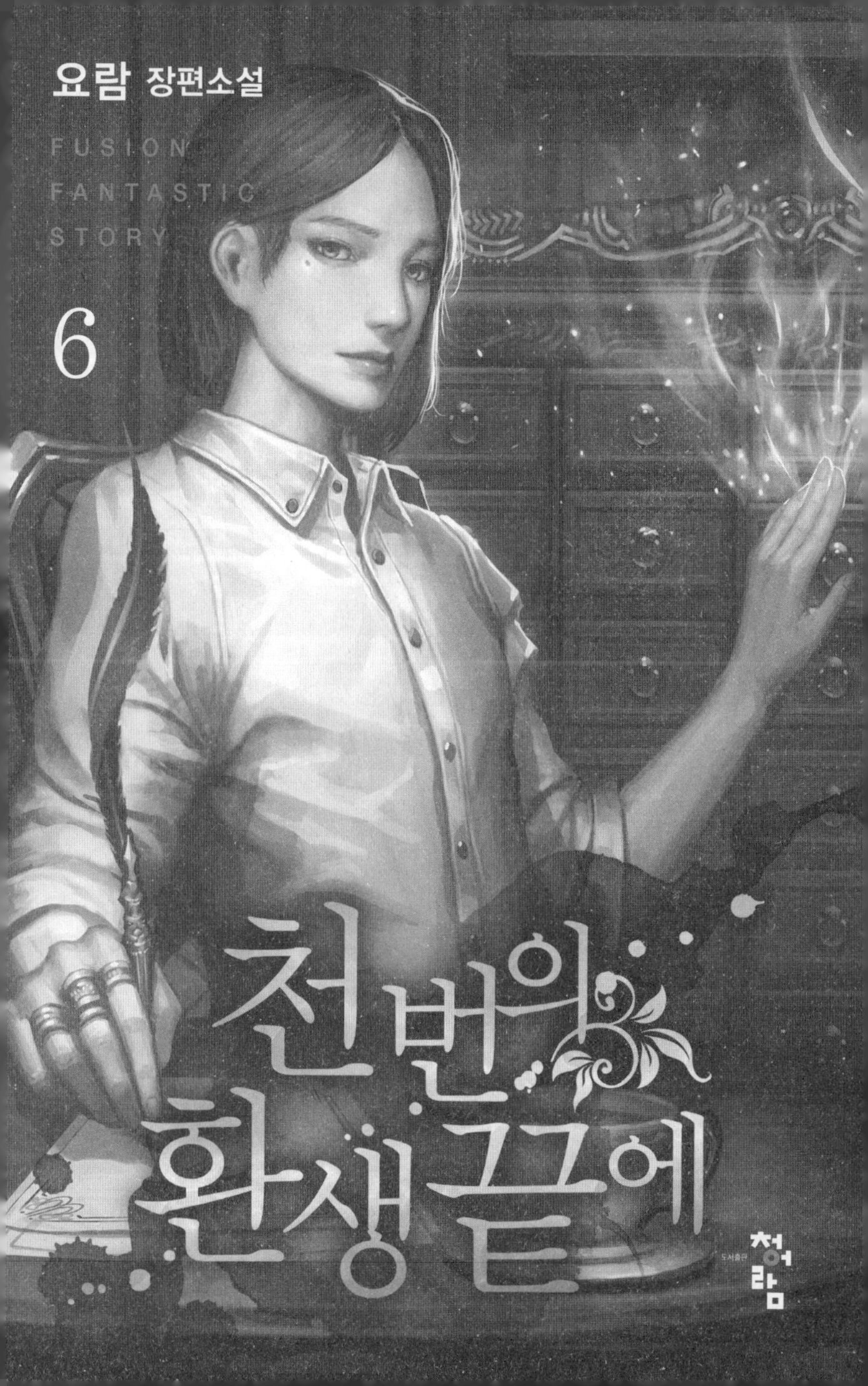
요람 장편소설
FUSION
FANTASTIC
STORY
6
천 번의
환생 끝에
청어람

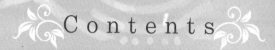

Contents

Chapter40
예상치 못한 손님

점심을 먹은 이후 지영은 가족들과 함께 정말 오랜만에 즐거운 시간을 보냈다. 강상만은 직접 챙겨온 와인을 땄고, 도수가 낮아 임미정도 조금씩 홀짝거렸다. 지영도 맥주가 마시고 싶었지만 부모님이 계시는지라 참을 수밖에 없었다.

　네 시쯤 되자 강상만은 잠시 눈을 붙이러 들어갔고, 임미정과 지연이도 낮잠을 자러 카라반으로 들어갔다.

　지영은 자리를 대충 정리하고, 폰을 슬쩍 꺼내 봤다.

　여유가 생기자 아까 온 메시지 내용이 다시 떠올랐다.

　'일단 만나보면 알겠지.'

　여기까지 굳이 찾아왔는데, 피하는 건 아무래도 상책이 아닌 것 같았다. 하지만 혹시 모르니 만나러 가기 전에 정순철에게 받은 명함에 적혀 있던 번호로 연락을 했다. 전화를 건 지 채 5초가 지나기도 전에 받았고, 용건을 얘기하니 알았다는 대답이 바로 들려왔다.

5분도 지나지 않아 근처에 있던 회사원들이 움직이기 시작했다. 펜스 근처로 먼저 가더니 자리를 잡았고, 지잉, 폰이 울렸다. 확인해 보니 움직여도 된다는 메시지였다.

그 메시지를 본 이후에야 지영은 강가의 펜스로 천천히 걸었다. 가면서 쉬고 있던 사람들을 빠르게 훑어봤다. 회사원 빼고총 열 명이 있었다. 가족으로 보이는 이들이 넷, 커플이 둘, 커다란 카메라로 강 사진을 찍는 중년 남자가 하나, 그리고 깔끔한 정장 바지 차림의 여성이 벤치에 앉아 있었다.

'저 여자군.'

금방 알 수 있었다.

이런 장소에 정장 차림은 상당히 어울리지 않았다. 거기다가얼굴의 반을 가리는 커다란 선글라스까지. 현재 시간은 네 시.잠시 휴식을 취한다고 하기에도, 그렇다고 퇴근 시간도, 점심시간도 아닌 어정쩡한 시간이었다.

지영은 그 여자가 앉아 있는 벤치 말고, 그 옆의 벤치 중간쯤에 앉았다. 담배를 하나 꺼내 피울까 하다가 혹시 모르니 지금은 좀 참기로 했다.

"반가워요. 주모 중 한 사람이었던 김지혜라고 합니다."

"반갑습니다, 강지영입니다."

인사를 하면서 지영은 잠시 의문이 생겼다.

주모가 아니라 주모 중 한 사람이었던, 이라고 말했다. 그 말은 곧 지금은 주모가 아니란 소리였다.

'정체가 밝혀지면 주모 자리도 같이 날아가는 건가?'

지영은 그 생각과 의문을 묻진 않았지만 아마 정답이 아닐까 생각했다. 자신을 김지혜라고 밝힌 여성의 목소리는 상당히 맑았다. 가수라고 해도 믿을 정도로 맑은 톤이었다.

"무슨 용건입니까?"

"일단 여기, 선물이에요."

용건을 물었더니 김지혜는 선물이라며 품에서 노란 편지 봉투 하나를 꺼내 지영에게 내밀었다. 지영은 잠시 고민하다가, 받아서 열어봤다. 봉투 안에는 사진 한 장만 덩그러니 있었다.

"음……"

사진을 보는 지영의 입에서 침음이, 그리고 손끝이 떨리기 시작했다. 근래 들어 가장 큰 감정의 동요였다.

사진은 굉장히 흐릿했다.

하지만 그 안에 담긴 한 여인의 얼굴을 못 알아볼 정도는 아니었다.

"노르웨이 북부로 이동 중 휴게소에서 찍힌 유은재 양의 사진입니다."

"찾았나요?"

"아직입니다. 사진은 올해 여름에 올라온 사진으로, 이제 삼 개월이 채 안 될 정도로 간격을 좁혔습니다."

"……"

지영은 그 대답에 좀 실망하면서 여전히 사진을 바라봤다. 사진은 아시아계 여인 셋이 여행하면서 찍은 사진이지만 그 세 명 뒤로 휠체어에 앉아 있는 은재의 얼굴이 딱 보였다. 은재는… 성숙해졌다.

그리고 아름다워졌다.

하지만 은재가 가지고 있던 모든 특징이 마치 개화한 것처럼 컸을 뿐, 중학생 때와 크게 차이가 나진 않았다.

그래서 지영은 보자마자 알아볼 수 있었다. 저 사진 속 휠체어를 탄 여인이 은재라고. 아직도 자신이 사랑하는 연인이라고.

"지금은 트론헤임까지 추적을 끝냈습니다. 아마 조만간 의뢰 내용을 완수할 것으로 생각됩니다."

"……."

드디어…….

찾았다.

아니, 거의 다 찾았다.

하지만 지영은 이 정도로도 충분히 기분이 좋아졌다. 다시 돌아왔을 때만큼, 정말 그만큼 기분이 좋아졌다.

하지만 곧 쿵쿵쿵! 뛰던 심장을 가라앉혔다.

주모, 김지혜가 찾아온 이유는 이 사진 때문이 아니었다. 그녀는 사진을 그저 선물이라고 했을 뿐이고, 본론은 아직 꺼내지도 않은 상황이었다.

"고맙습니다."

"뭘요. 정당한 대가를 받고 의뢰를 수행하는 것뿐입니다."

"그렇습니까. 그럼 이제 용건을 들을 수 있을까요?"

"그러죠. 사실 오늘 지영 씨를 찾아온 이유는 본 막에서도 많은 회의를 거쳐 결정된 사항입니다."

"이유는요?"

"정보 단체가 얼굴을 밝힌다는 것만큼 위험한 게 또 있을까요?"

"그럼 그걸 감수하고서도 날 찾을 이유가 있었다는 소리군요."

"네, 그래서 제가 지금 여기에 앉아 있지요. 주모의 자리를 내려놓으면서까지."

"궁금하네요. 절 찾아올 정도의 절실한 이유가 있다니. 뜸은 그만 들이고 들어봅시다."

지영은 질질 끄는 건 참 질색이었다.

옛날엔 안 그랬지만 지금은 화끈하게 본론으로 들어가는 게 훨씬 더 좋았다. 그리고 다행히 김지혜, 이 여자도 그런 성격 같았다.

"본 막의 고려 시대 암호는 어떻게 알았지요?"

"네?"

"당시 지영 씨가 대답했던 암구어들, 그건 조선 중기에 한 차례 설정을 리셋하는 바람에 존재는 하지만 쓰이지 않았습니다. 또한 조선의 시대가 끝나고, 일제강점기를 넘어 대한민국의 시대에 들어섰을 때 다시 한번 변경됐습니다."

"……"

지영은 아차 싶었다.

하지만 일단 내색은 하지 않았다.

그리고 김지혜도 대답을 바란 건 아닌지, 옆에 뒀던 물로 목을 축이고 얘기를 계속했다.

"물론 암호는 폐기되지 않았습니다. 기존에 사용하던 것도 같이하고 있습니다. 그러니까 하나의 암호에는 전혀 다른 형식의 답이 총 세 가지가 존재합니다."

"……"

"그런데 지영 씨는 조선 중기부터는 사용되지 않은 암호를 댔습니다. 처음 대답이 느려진 이유는 안 쓰이는 암호라 내부적으로 확인을 거쳐야 했기 때문입니다."

"……"

쓥.

입맛이 썼다.

지영은 전혀, 정말 전혀 예상도 못 했다.

하긴, 하나의 암호를 계속 쓰는 것은 보안에 전혀 좋은 방법이 아니었다. 그래서 거의 몇백 년에 한 번씩 암호를 바꿨는데, 지영이 이제는 완전히 잊힌 암호를 썼으니 놀라는 것도 무리가 아니었다.

"결과적으로 암호가 맞았으니 본 막은 의뢰를 받았습니다. 하지만 저도 그렇고 다른 주모들도 그렇고, 어떻게 암호를 알 수 있었는지에 대한 궁금증이 넘쳐났습니다."

"정보 조직에게 호기심이란 악성 종양보다 나쁜 걸로 취급한다고 들었습니다만."

"종양도 종양 나름입니다. 단순히 곪은 농양(膿瘍)일 수도 있으니까요."

"곪은 농양……."

지영은 잠시 그 단어를 곱씹어봤다.

정보 조직에 곪은 농양이란? 변절자를 말한다. 아니면 변절 예상자나. 부뚜막이 지금 그런 상태인가? 하지만 그것까지 지영이 알 순 없었다.

"우연히 알게 됐습니다."

"그런가요?"

"네."

"너무 대연하게 거짓으로 답을 하니 좀 당황스럽네요."

"진짜입니다만?"

우연히.

그래, 우연히 알게 됐다.

그때 당시에, 그 시절에 우연히 말이다.

그러니 지영의 말이 거짓은 아니었다.

"……."

"……."

여태껏 정면의 강만 보던 김지혜가 처음으로 선글라스를 벗고 지영을 빤히 바라봤다. 지영은 시선을 느껴, 그녀를 마주 봤다. 특이하게도 갈색이라 표현하기보단, 호박색이라 말하는 게 더 어울릴 것 같은 눈동자가 보였다. 전형적인 고양이상의

미인이었다. 나이는 대략 20대 후반에서 30대 초반. 많아도 서른셋을 넘진 않을 것 같고, 적어도 스물일곱 아래는 아니어 보였다.

섬단(閃緞)처럼 늘어뜨린 머리카락, 작고, 도톰한 입술, 미인의 조건은 전부 갖추고 있었지만 외모 때문에 그런가? 굉장히 사무적으로 보였다. 말에는 분명 감정의 기복이 보였는데 얼굴 표정에는 하나도 그런 기색이 없었다.

"고작 그런 이유가 당신이 주모라는 상징적 위치를 내려놓아야 했던 겁니까?"

"고작 그런 이유라니요. 본 막에는 매우 중요한 사항이었습니다."

"어째서입니까?"

"문헌에만 존재하던 암호를 사용한 사람. 이는 처음부터 알고 있었던가, 어쩌면 정보가 샐 수도 있던가, 그도 아니면 내부에서 누가 알려줬던가."

"저는 분명 우연히 알게 됐다고 했습니다만."

"그 우연이 어떤 우연인지, 지금부터 알아보려고 합니다."

알아본다?

그 말에 지영의 표정이 조금 굳었다.

"뒷조사라도 하겠다는 소리로 들리는데요?"

"설마요. 저희는 그런 짓은 안 한답니다."

"그럼 어떻게 알아볼 건데요?"

"서로 윈윈하는 좋은 방법을 제안하겠습니다."

"음?"

서로 윈윈하는 좋은 방법?

그런 게 있나 하는 생각에 지영이 눈을 가늘게 좁히자 김지혜가 입가에 슬그머니 미소를 그렸다. 지영은 그 미소를 보는 순간 직감적으로 어째 귀찮아질 것 같단 생각이 들었다.

"일단 들어는 봅시다."

"저를 매니저로 쓰는 겁니다."

"…나를 옆에서 감시하겠다는 소린가요?"

"알아보는 겁니다. 지영 씨가 본 막에 위험한 사람인가, 혹은 내통하는 사람이 있는가, 그걸 제가 옆에서 지켜보며 판단하겠습니다."

피식.

개소리를 참 신박하게도 한다.

하지만 김지혜는 분명 윈윈이라고 했다.

그렇다면 지영에게도 좋은 뭔가가 있다는 소리다.

"그럼 제가 얻는 거는요?"

"지영 씨 개인, 가족, 설정한 몇 명의 지인까지… 다가오는 위험부터 시작해 좋지 않은 손길까지 사전에 알려 드리겠습니다."

"……."

헐…….

이것 봐라?

이건 굉장히 구미가 당기는 제안이었다.

솔직히 지영의 신변은 지금도 강대국들이 관심 있게(감시하며) 지켜보고 있는 중이었다. 그리고 언제 마음이 변할지 모르는 상황이었다. 마음이 변하면? 분명 무슨 짓이든 해올 것이다. 그리고 가장 가능성이 큰 무슨 짓은, 분명 강제 신병 억류일 가능성이 컸다. 근데 말이 신병 억류지, 납치나 다름없는 레벨일 것이다.

그런데 김지혜는 그걸 지금 부뚜막의 정보력을 이용해서 사전에 알려주겠다는 말이었다. 이러니 어찌 구미가 안 당길까? '회사'에 버금가는, 아니, 국내에서는 어쩌면 '회사'보다도 앞서는 정보력을 가진 부뚜막이 도와준다는데.

'내가 조금의 귀찮음만 감수하면 된다는 말인데……'

김지혜가 옆에 있다고 해도 지영에게서 뭔가를 발견할 확률은 매우 적었다. 지영은 그냥 기억 서랍을 열어 그 정보를 얻었기 때문이다. 그러니 찾고 싶어서 아무리 노력해도 아마도, 아니, 분명 못 찾을 것이다.

그 과정이 좀 귀찮긴 하겠지만 못 참을 정도는 또 아니란 생각이 들었다. 반대로 제안은? 솔직히 달콤했다.

자연산 꿀처럼 달달해서 벌집만 보면 사족을 못 쓰는 곰이 되고 싶을 지경이었다. 지영은 그래서 김지혜의 눈을 빤히 바라봤다. 눈빛 속에 다른 감정을 숨겼나 싶어서였다. 훈련받고, 실전을 통해 숙련된 전문가라도 피하지 못하는 지영의 감각에 의하면 김지혜는 오직 사실만 말했다는 판단이 내려졌다.

'하지만 덥석 물을 수는 없지.'

그리고 생각할 시간도 필요했다.

지금 당장은 구미가 당기지만 조금 더 시간의 여유를 두고 천천히, 깊게 생각하다 보면 어쩌면 숨겨진 다른 의도도 떠오를 수 있었다.

"그런 의미에서 괜찮은 선물을 하나 더 드리겠습니다."

"뭐죠?"

"조만간 야당의 거물이 움직일 겁니다."

"야당의 거물?"

"네."

"저한테 말입니까?"

"아닙니다."

"그럼?"

"유민아 양입니다."

"······."

"이미 실장, 매니저까지 포섭된 상황입니다."

"하아······."

민아는 저번 보라매 사태가 터지고 얼마 안 있어 소속사를 옮겼다. 나름 괜찮은 곳이란 평이 있던 회사였고, 소속사를 나온 민아에게 가장 좋은 조건을 제시한 곳이었다.

'회사 이름이… 리엔이었던가?'

만약 이 일이 진짜라면?

지영은 김지혜의 제안을 좀 더 깊게, 긍정적으로 생각해 봐야겠다고 생각했다.

"좋습니다. 생각해 보고 연락하겠습니다. 그런데 연락을 어디로 하죠?"

"일주일 뒤, 제 쪽에서 먼저 연락하겠습니다."

"네, 그럼 얘기는 끝난 건가요?"

"네, 끝났습니다."

"그럼… 다음에 봐요."

"후후… 네, 다음에."

김지혜는 그렇게 답하고 바로 자라에서 일어나 떠났다. 지영은 그런 김지혜의 뒷모습을 보면서 어째 자신의 인생이 이제야 파란만장, 엉망진창이 뒤죽박죽 섞인 길에 들어선 것 같다는 생각이 들었다. 그녀의 뒷모습도 보이지 않게 되자 지영은 그제야 자리에서 일어나 가족이 있는 곳으로 돌아갔다.

지영은 토요일과 일요일, 정말 즐겁게 캠핑을 즐겼다. 특히 모두가 잠든 새벽에 밤하늘은 정말로 최고였다. 워낙에 공기가 깨끗한 곳이라 은하수 같은 밤하늘이 펼쳐졌고, 지영은 그걸 맥주를 마시면서 느긋하게 즐겼다.

모닥불을 피워놓았더니 그리 춥지도 않았다.

모기가 좀 많았지만 그 정도야 긴 티, 긴 바지로 무장을 하니 별로 문제가 되지도 않았다.

그리고 다음 날 아침을 먹고 짐을 정리한 뒤 충주댐을 갔다가 서울로 돌아왔다. 여행은 후유증이 상당히 심하다. 하루 종일 재잘거리던 지연이는 오는 내내 차에서 잠들었고, 임미정도 피곤했는지 꾸벅꾸벅 졸기만 했다.

강상만도 피곤해서 몇 번이나 눈을 비비는 걸 보면서 지영은 면허를 빨리 따야겠다고 생각했다.

그렇게 집에 도착한 지영 가족은 짐 정리만 끝내고 바로 잠에 들었다.

다음 날 새벽에 일어난 지영은 운동을 하고, 평소처럼 행동했다.

하지만 머릿속은 좀 복잡했다.

'어떻게 해결해야 될까……'

김지혜의 말은 거짓이 아닐 것이다.

그러니 분명 민아를 향해 시꺼멓고 더러운 손이 슬금슬금 다가가고 있는 중일 것이다. 이러한 사실을 몰랐다면 모를까, 알게 된 이상 그냥 있을 수는 없었다. 김지혜는 야당의 거물이라고 했지, 특정 누군가에 대한 다른 힌트를 주진 않았다. 일단 대충 '야당 거물'이라고 치자, 정치인 몇 사람이 검색됐다.

하지만 지영은 그중 누구를 특정할 수 없었다. 대한민국 정치인들 태반이 그렇듯이 다 비슷비슷했기 때문이다.

결국 아침을 먹는 와중에 지영은 좀 강압적인 방법을 써야 겠다고 결정을 내렸다. 출근하는 강상만의 뒤를 지영이 조용히 따라나섰다.

"음, 왜 그러냐?"

"드릴 말씀이 있어요."

"그래? 알았다."

강상만은 바로 고개를 끄덕였다.

밖으로 같이 나온 지영은 또 좀 망설이긴 했지만, 이미 결정한 마당이니 바로 말하기로 했다.

"제가 은재에 대한 것을 알아보는 곳이 있다고 말씀드렸죠?"

"그래, 얘기했었지."

"거길 통해 들은 얘기인데요. 아무래도 민아한테 흑심을 품은 사람이 있는 것 같아요."

"민아? 유민아 말이냐?"

"네."

"음……."

강상만의 표정이 대번에 엄해졌다.

아버지 강상만이 아니라, 검찰총장 강상만이 젊은 시절 사건을 대할 때 짓던 표정이었다. 지영의 기억 속에도 몇 번 본 적이 있는 호랑이 같은 얼굴이다.

"따로 의뢰한 거냐?"

"네. 이제 저나 제 주변에 안 좋은 일이 일어나는 건 막고 싶어서 의뢰했는데, 며칠 만에 이런 정보를 알려왔어요."

"알겠다. 혹시 다른 정보는 없냐?"

"있어요."

"말해봐라."

"야당의… 거물이라고 했어요."

"……"

강상만이 눈을 몇 번 끔뻑이더니 피식 웃었다. 하지만 그 웃음이 조소는 아니었다. 마치 '이놈, 잘 걸렸다' 할 때 짓는 회심의 미소였다.

"알겠다. 대충 누군지 예상이 가는구나. 아빠가 알아서 하마."

"네, 부탁드릴게요."

"그래, 걱정 마라. 아들한테 청탁받는 건 처음이라 좀 놀라긴 했지만… 이런 일이면 반드시 뿌리 뽑아야 할 일이니 넘어가겠다."

"네, 죄송합니다."

"아니다."

고개를 숙이는 지영의 어깨를 툭툭 친 강상만은 그 길로 출근했다. 지영은 차를 타고 가는 모습까지 바라보다가, 다시 안으로 들어갔다.

"아빠랑 무슨 얘기했니?"

"네, 그냥 부탁드릴 게 있었어요."

거실로 들어오자 지연이 머리를 따주던 임미정이 물었고, 지영은 간단하게 대답하곤 싱크대로 가서 설거지를 했다. 지연이가 밝은 얼굴로 '학교 다녀오겠습니다!' 우렁차게 인사하곤 나가자 임미정이 다가왔다.

"뭔 일 있니?"

"민아한테 안 좋은 손을 뻗는 사람이 있다는 걸 우연찮게 들어서요. 아빠한테 일단 알아봐 달라고 부탁했어요."

"민아한테?"

"네. 민아가 요즘 핫하잖아요. 그러니 흑심을 품은 이들이 있나 봐요."

"어머……."

임미정은 변호사다.

그것도 잘나가는, 승률 높은 변호사였다.

그런 그녀가 연예계의 추악한 이면을 모를까? 아니, 어쩌면 강상만보다 훨씬 더 잘 알고 있는 게 그녀일 거다. 검찰만 따로 조사관들이 있는 게 아니었다. 변호사 업계도 개인이든 단체든 정보망은 반드시 만들어준다.

그리고 그 정보망을 통해서 추악한 것들을 수집한다. 엮이지 않거나, 이용해 먹으려고 말이다.

그러니 임미정은 결코 순진하지 않았다. 강상만처럼 법정에 설 때의 날카로운 눈빛이 된 그녀는 잠시 생각하다가, 바로 방으로 갔다.

지영은 이 얘기를 굳이 한 것은 어차피 임미정이 알게 될 이야기이기도 했고, 가족에게 자꾸 비밀을 만들기 싫어서였다.

거물(巨物).

흔히 관록 있고, 잔뼈가 굵고, 건들기 힘들 정도로 큰 힘을 가진 사람들에게 붙는 말이었다. 그런 만큼 또 위험하기도 하다.

잘못하다간 강상만도 다칠 수 있을 정도의 권력을 가졌다면? 어쩌면 이 일은 진짜 크게 터질 수도 있었다. 하지만 그래도 이 일은 지영이 직접 해결할 수 있는 선을 넘어섰다. 그러니 차라리 강상만에게 부탁하는 게 최고의 해결 방법이었다.

방으로 돌아온 지영은 잠시 방 정리를 하다가, 이내 조금 씁쓸한 미소를 그렸다.

'어떻게 알았는지 묻진 않으시는구나.'

강상만은 알아야겠다고 물었다.

하지만 임미정은 그냥 넘어갔다.

그녀가 어떻게 그런 정보를 지영이 알고 있는지, 출처가 어딘지 의문을 안 가질 사람이 아니었다. 그런데도 묻지 않은 건 아마 아들을 배려하기 위해서였다.

강상만과 성향이 반대인 만큼 이런 일에 대한 대처도 두 분이 워낙에 달랐다. 씻고 나온 지영은 사무실에 나갈 준비를 했다.

오늘은 한정연과, 이성은이 사무실에 나오는 날이었다. 아직 계약서를 쓰기 전이라 그냥 구경이지만 그래도 지영의 복귀 첫날이라 할 수 있었다.

준비를 하고 나오니 임미정이 거실을 서성거리며 누군가와 통화를 하고 있었다.

"응, 선배. 거기 회사 좀 알아봐 줘. 응응, 고마워. 나중에 밥 살게. 그래, 알겠어."

뚝, 전화를 끊은 임미정이 다가왔다.

"사무실 가니?"

"네, 저는 먼저 택시 타고 가 있을게요. 누나들 열 시까지 오라고 했거든요."

"그래. 엄마는 준비 좀 하고 서류 챙겨서 갈게."

"네. 천천히 오세요."

집을 나온 지영은 택시를 타고 바로 사무실로 향했다. 택시비가 좀 많이 나왔지만 사람을 기다리게 하는 것보단 나았다. 도착해 비밀번호를 입력하고 사무실로 들어간 지영은 칸막이가 쳐진 자신의 공간으로 가서 가방을 놓고, 한정연과 이성은에게 메시지를 보냈다. 그러자 둘이 같이 오고 있다는 칼답이 도착했다.

10분도 채 안 되어 두 사람이 도착했고, 싱글싱글한 얼굴로 사무실을 둘러봤다.

"와, 넓은데?"

"그러게요. 파티션 분리도 제대로 되어 있고, 의상실까지 다 갖춰놨네요."

두 사람의 목소리에 밖으로 나가니 웃는 낯의 두 사람이 보였다.

"왔어요?"

"응, 사무실 좋다. 잘 꾸며놨고. 흐흐, 이제야 실감이 나고, 의욕도 난다!"

빠샤! 하는 포즈를 취한 한정연.

이성은도 싱글싱글 웃는 낯이었다.

지영이 아는 이 두 사람은 이제는 지영의 연기 인생에서 빼놓을 수 없는 사람이 되었다.

첫째, 실력.

실력은 두 사람 다 최고였다.

둘째, 의리.

지영이 납치되고 그 긴 시간 동안 지영을 기다리며 프리로 활동했던 두 사람이었다. 둘의 실력이면 충분히 어느 회사든 들어갈 수 있었다. 그런데도 그들은 지영을 기다려 줬다. 그리고 돌아와서도 두말없이 합류해 주겠다고 했다.

두 사람과 함께 있으면 서소정의 향수가 항상 느껴지지만, 어차피 그거야 품고 가기로 한 마당이니 큰 문제는 되지 않았다.

"옆에 작은 방도 하나 있는데 거긴 연습실로 쓸 생각이에요. 아직 공사가 안 끝나서 지저분하니 거긴 나중에 구경해요."

"그래그래. 다른 인력은? 전화받고 그럴 직원들도 있어야 되잖아."

"채용 공고 올렸어요. 주말 동안 어머니 메일로 이력서 좀 들어왔다고 하니 이번 주 내로 면접 한번 봐야죠."

"몇 명이나?"

"두 명은 있어야 하지 않을까요?"

"그렇지. 로드는?"

"아, 로드는 생각해 보니까 그때그때 프리로 고용하는 게 좋을 것 같아요. 제가 일이 많은 게 아니니 굳이 고용할 필요를 못 느끼겠더라고요."

"그건 그러네. 너 일 년에 많이 활동해야 반년인데, 후후."

"하하, 그렇죠."

반년도 긴 거다.

지영은 보통 영화 촬영을 하나 끝내면 그 해가 가도록 거의 아무것도 안 한다.

"뭐 하면 나나 성은이가 운전해도 괜찮아. 우리 그래도 십오 년 무사고 경력이니까."

"오, 그거 좋은데요? 운전 수당까지 붙여주는 게 좋겠네요."

지영의 대답에 두 사람은 쿡쿡 웃었다.

근데 거짓은 아니었다.

가끔 두 사람이 운전하는 밴에 타본 적이 있는 지영이었다. 그리고 두 사람 다 안정적인 운전 실력을 선보였었다.

"뭐부터 할 거야? 역시 영화?"

"그 전에… 간 보기로 은정 백화점 CF부터 가려고요. 그쪽도 계약 만료 됐죠?"

"그럼, 네가 없는데 당연히 조용히 끝났지. 다행히 양쪽 다 크게 불만은 없어서 좋게 끝났어."

"다행이네요."

"근데 진짜 이렇게 갈 거야? 홍보 팀 같은 것도 안 만들고?"

한정연의 질문에 지영은 고개를 끄덕였다.

변하는 건 없었다.

"나중 일은 모르지만 지금 당장은 이렇게 가려고 해요. 개인 레이블을 내더라도 자리는 잡아야 하니까요."

"그건 그렇지. 알겠어, 그럼. 흐음, 기대되네."

"저도요."

지영은 솔직히 자신 있었다.

자신의 티켓 파워라면 자리 잡는 거야 그리 어려운 일도 아니라고 생각했다. 자만? 그럴 수도 있었다. 그러나 지영은 자신에게 재능 말고도, 충분히 그럴 능력이 있다고 생각했다.

'저주지만, 그 저주는 이 직업에서만큼은 치트키나 다름없으니까.'

시작부터 Show me the money를 열댓 번 때리고 시작하는 것보다 훨씬 더 지영에게 유리했다.

아직도 식지 않고 오히려 활활 불타고 있는 대중적인 관심까지 합치면? 실패하는 게 오히려 힘들 지경이었다.

"맞다. 가족 여행 잘 갔다 왔어?"

"네. 오랜만에 푹 쉬고 왔어요."

"그래 보인다. 네가 팬이랑 사진도 다 찍어준 걸 보니 아주 여유가 가득했나 봐?"

"그 사진 올라왔어요?"

"응, 어제 밤에 올라왔는데 좋아요가 무슨… 십만 개 가까이 찍혔다, 얘."

"하하."

"그 팬은 네 사진 한 방에 셀럽이 됐더라. 근데 평생 운 다 쓴 거 아니냐는 말도 있어, 호호!"

한정연이 재미있다고 웃는데 사무실 문이 열리고 임미정이 들어왔다. 잽싸게 일어난 두 사람이 얼른 임미정에게 다가가 인사를 했다. 임미정, 예전엔 친한 언니였지만 이제는 친한 언니 플러스 고용주의 어머님이 된다. 물론 지영이 미성년인 관계로 당장은 임미정과 계약을 하겠지만 어차피 그 돈은 전부 지영의 사비에서 나가니 실질적 고용주는 지영이었다.

"언니, 오셨어요?"

"아이고, 큰 사모님 오셨어요?"

두 사람이 인사를 하자 임미정이 웃으면서 팔을 툭툭 때리고 소파에 앉았다. 이후 계약은 순식간에 진행이 됐다. 연봉 4,500에 추가 보너스 수당까지 꼼꼼하게 챙겼다. 두 사람 다 프로인지라 계약만큼은 정말 꼼꼼하게 살펴봤다. 그렇게 계약이 끝나자 어느새 점심시간이었다. 시키기보단 밖에서 먹으려고 하는데 띠링, 사무실 문이 열리며 의외의 사람이 들어왔다. 이제는 50대가 된 은정 백화점 사장, 정미진이었다.

50대의 여인은 비슷한 나이대의 중년 사내 둘과 함께 들어왔는데 둘 다 본 적이 있는 얼굴이었다.

"어? 안녕하세요."

"오랜만이에요, 지영 씨."

"네, 일단 앉으세요."

지영은 일단 자리를 권했다.

소파가 부족해 한정연과 이성은 차를 내오고 따로 의자를 가져다가 앉아야 했다. 소파를 더 사야겠다는 생각을 하면서 지영은 일단 물었다.

"어떻게 알고 찾아오셨어요?"

"미정 씨와는 종종 연락을 했답니다."

"아… 여기도 어머니한테 들었겠네요?"

"네, 상의드릴 게 있어 실례를 무릅쓰고 이렇게 찾아뵈었네요."

"아니요, 괜찮습니다."

지영은 임미정을 바라봤다.

정미진을 부른 건 아니고, 물었으니 아마 여기 장소를 알려 줬을 것이다. 하지만 지영은 크게 개의치 않았다. 어차피 은정 백화점과 다시 언제고 자리를 잡을 생각이었기 때문이다.

"몸은 좀 어떠세요?"

"좋아졌습니다. 사실 아픈 데는 없었어요. 그냥 정신적으로 좀 쉬고 싶었을 뿐입니다."

"다행이에요. 정말 다행이에요."

정미진은 지영에게도 깍듯했다.

나이가 어리다고 함부로 대하지 않는 모습을 보면 참 저 집안의 성품은 한결같다는 생각이 들었다.

지금도 마찬가지였다.

은정 백화점은 지영과 계약을 맺으면서 정말 기사회생했다. 문을 닫아야 할 위기에서 연 매출이 1,000억이 넘는 회사로 성장했다. 대기업 백화점들에 비하면 솔직히 그리 많은 매출은 아니지만 그래도 지영이 도와주기 전에 비하면 엄청난 반등이었다.

그런데도 정미진은 변함이 없었다.

지금 입고 있는 것처럼 준 브랜드의 정장에, 피부 관리에도 돈을 안 쓰는지 딱 제 나이에 맞게 늙었다. 눈가에 자글자글한

주름만 봐도 관리는 따로 안 하고 있다는 걸 알 수 있었다. 그리고 사회 저소득층, 취약 계층에 대한 지원도 끊지 않고 있었다.

예전에 지영과 송지원이 만들었고 지금은 임미정이 관리하는 햇빛재단에도 항상 큰돈을 기부했다.

돌아와서 그 얘기를 들었을 때 지영은 은정 백화점과 재계약을 염두에 두고 있었다.

"오자마자 일 얘기하긴 그렇지만, 일단 이걸 읽어주시겠어요?"

"네."

어차피 할 얘기니까 지영도 바로 서류에 손을 뻗어 안에서 종이를 꺼냈다.

'달랑 한 장?'

계약서가 아니었다.

종이에는 지영이 납치당한 다음 년부터 매출의 일정 부분을 모아놓은 금액이 적혀 있었다. 억 소리 날 정도였다.

아니, 실제로 억대였다.

무려 100억.

"이게 뭐죠?"

"저희 백화점은 지영 씨 덕분에 다시 살아났어요. 저희는 항상 매출의 일부분을 지영 씨에게 다시 드리기 위해 모아놨어요. 올 초에 미정 씨에게 말을 했지만 받지 않겠다고 해서 차일피일 어떻게 해야 하나 미루고 있었지만 이젠 지영 씨가 돌아왔으니 다시 돌려 드리려고요."

"음……."

말은 이해했다.

하지만 지영은 난감했다.

이걸 받는 게 과연 옳은 일일까?

사실 지영에게 들어오는 돈은 상상 이상이었다.

'리틀 사이코패스', 'Mushin: The birth of hero'로 들어오는 돈도 상당했고, 예전에 냈던 '매향유정'이 지영의 소설이란 게 알려지면서 엄청난 수익을 냈기 때문이다.

유료 인세가 무서운 게 몇 명이 보면 별로 안 되지만, 보는 사람이 늘어나면 늘어나는 대로 눈덩이처럼 불어난다. 그것도 기하급수적으로 말이다.

매달 몇 천씩 꼬박꼬박 꽂혔고, 그건 한 푼도 쓰지 않고 지영의 개인 통장에 고스란히 쌓였다. 부뚜막에 의뢰할 때 줬던 선금 다섯 장도 거기서 나갔다. 그리고 그러고도 돈은 많이 남았다. 그것도 엄청, 매우 많이 남았다.

"어머니 생각은 어떠세요?"

그래서 지영은 임미정에게 물었다.

이걸 여태 안 쓰고 있던 정미진이다. 안 받으면 분명, 아예 안 쓸 것이다.

"엄마는 받는 게 낫다고 생각해."

"그래요?"

"응, 돈 욕심 부릴 정도로 우리가 못 사는 건 아니지만, 돈이 있으면 더 많은 일을 할 수 있거든. 지금도 충분히 돕고 살지만 그 규모를 더 늘릴 수도 있고. 많은 돈을 벌면 그만큼 다시 사회에 환원하면 돼. 그럼 경제도 살고, 사람도 살리고, 일석이조 아니겠니?"

"……."

임미정의 말은 틀린 부분이 없었다.

쓰지 않은 돈, 아니, 쓰지 않을 돈.

지영이 거절하면 저 돈은 그대로 묵혀야 한다.

'차라리 그럴 거라면 자신이 받아 어려운 사람들을 위해 쓰는 게 훨씬 낫겠지.'

지영은 결정을 내렸다.

그때 여태 듣고 있던 한정연이 툭 던지는 투로 얘기했다.

"차라리 이 건물을 사는 게 어때? 그리고 거기서 나오는 임대료로 계속 사람들을 도우면 되잖아."

"오, 그거 좋다!"

한정연의 말에 이성은이 얼른 맞장구를 쳤고, 지영은 다시 임미정을 바라봤다. 건물을 산다? 그런 쪽 전문가는 임미정이었다.

"나쁘지 않은 방법이야. 안정적으로 사람들을 도울 수 있으니까."

"이 건물은 비싸요?"

"육십 억 정도?"

"살 수 있겠네요."

지영이 사무실로 잡은 이 5층 건물은 매물로 나온 사무실이기도 했다. 신축 건물이라 월세는 2,000 정도, 그럼 층당 월세를 받으면 달에 육천에서 팔천 정도를 도울 수 있었다. 생각해 보면 차라리 이게 더 안정적이었다.

게다가 조물주보다도 위대하다는 건물주 아닌가.

"그럼. 월세만 받아도 충분히 규모를 늘릴 수 있어."

임미정도 차라리 그게 낫다고 하니, 지영은 정미진이 준다는 돈을 받아 이 건물을 사고, 수입금 전부를 사회에 환원하기로 했다. 생각해 보니 이게 베스트였다.

"그럼 제가 회사에 따로 얘기해 놓을게요. 미정 씨가 들러서 같이 처리하면 좋을 것 같아요."

"네, 그럴게요. 언제 가면 될까요?"

"빠르면 빠를수록 좋겠죠? 언제고 상관없어요."

"음… 그럼 수요일 날 갈게요. 준비도 필요할 테니."

"네."

지영은 이 문제는 임미정에게 다 부탁하기로 했다. 어차피 미성년이라 할 수 있는 게 별로 없었다. 세금 문제가 골치 아프겠지만 임미정 성격상 위법이나 탈법을 쓸 사람은 아니니 크게 문제될 건 없었다.

지영도 이왕 정미진이 온 거, 다시 계약 얘기를 하는 게 낫다는 마음에 바로 말을 이었다.

"지금 은정 백화점에서 따로 홍보 모델을 쓰나요?"

그렇게 묻자 정미진은 고개를 저었다.

"아니요. 지영 씨와 계약이 끝난 이후 지금까지 홍보 모델을 뽑은 적은 없어요."

역시, 이 집 사람들은 의리가 뭔지 제대로 알고, 실천하는 사람들이었다.

"그럼 제가 다시 해도 될까요? 제 복귀 후 첫 계약을 은정 백화점과 하고 싶은데."

"그럼 저희야 좋죠. 안 그래도 그 제의도 하려고 왔어요."

"다행이네요."

"저번보다는 훨씬 좋은 조건을 들고 왔어요. 수입금의 십 퍼센트, 어떤가요?"

"수입금의 십 퍼센트요?"

지영은 눈을 동그랗게 떴다.

그 어떤 모델도 저렇게 돈을 받진 않는다.

단순하게 그냥 몇 억, 몇 억, 이런 식이다.

그런데 정미진은, 은정 백화점은 지금 지영에게 매출의 10%를 주겠다고 제안했다. 한정연과 이성은은 물론 임미정도 놀라서 지영처럼 눈을 동그랗게 떴다. 이건 진짜 파격적인 제안이었다.

차를 한 모금 마신 정미진이 놀란 네 사람에게 담담하나 확고한 어조로 입을 열었다.

"지영 씨 아니었으면 저희 백화점은 문을 닫아야 했을 거예요. 경영난에 처하다 못해 아예 문을 닫을 위기였거든요. 그런데 지영 씨가 짠 하고 나타나 도와줘서 지금 이렇게 연 천억대의 매출을 내는 백화점이 되었어요. 이게 저희가 잘한 걸까요? 아니에요. 이건 저희가 잘 운영한 게 아니라, 강지영이란 배우가 도와줬기 때문이에요."

"……."

정미진의 말은 확고했다.

절대로 그 제안을 철회할 생각이 없다는 걸 눈빛, 말속에 담긴 감정에 담아 세상에 내보내고 있었다.

"그러니 지영 씨는 충분히 그럴 자격이 있어요. 아니, 자격이 아니라 당연히 그렇게 받아야 해요. 마음 같아서야 더 드리고 싶지만 저희도 지금 지원하고 있는 단체들 때문에 그러지 못하는 게 미안할 뿐이에요."

"……."

정미진은 오늘 정말 파격적인 제안만 했다.

지영이 피식하고 어이없이 웃자 정미진이 씩 웃었다.

"거절할 건가요?"

"아니요. 너무 터무니없는 제안이라 그냥 웃음이 나오네요."

"후후, 저희 팀이 예상하건데, 아마 어마어마할 정도로 매출이 오를 것 같다고 하더라고요."

정미진의 말처럼 충분히 그러고도 남을 것이다. 강대국과의 문제가 일단락된 상황이 아니라 아직은 팬 미팅이나, 팬 사인회 같은 건 열지 못하겠지만 지영이 홍보 모델로 활동하면 매출은 아마 수직으로 솟구칠 것이다.

지영이 활동하지 않은 동안에도 연 매출 1,000억을 찍은 회사의 매출이 수직으로 솟구치면? 지영이 받는 돈은… 진짜 어마무시할 것이다.

그런 제안을 서슴없이, 오히려 사정조로 해오니 헛웃음이 안 나올 수가 없었다.

'은정이도 그랬지만… 진짜 이 집안은 물욕이 없네.'

돈은 탐욕이다.

그리고 그 탐욕은 또 다시 탐욕을 부른다.

그렇게 꼬리에 꼬리를 물며 탐욕은 덩치를 거대하게 불린다.

그걸 아는 지영이 웃음을 멈추고 물었다.

"내부에서 반발은 없었나요?"

"전혀요. 애초에 저희가 사원을 뽑는 첫 번째가 인성이랍니다. 특히 은혜를 모르는 금수나, 금수의 싹이 보일 만한 사람들은 전혀 뽑지 않지요."

"걸러내기 힘들었을 텐데……."

"일하다 보면 다 보이거든요. 그럼 욕먹을 각오를 하고서도 백화점에서 내보내요. 그게 저희 회사의 비결이랍니다."

"대단하네요."

저런 방식의 운용을 고수하는 정씨 집안의 고집이 지영은 진심으로 대단하게 느껴졌다.

"뭘 이 정도로요. 오히려 전 그 나이에 욕심이 하나도 없는 지영 씨가 대단한 걸요. 아, 미정 씨도요."

"하하……."

물욕이라.

초탈한 건 아니었다.

돈이란 건 솔직히 세상을 살아가는 데 아주 중요한 역할을 한다는 걸 지영은 인정하고 있었다. 하지만 돈에 연연하기엔 아무도 모르는 지영의 입장이 너무나 특별했다. 돈에 미치고 싶어도 미칠 수가 없다는 뜻이었다.

"대답을 아직 안 해주셨어요."

"받을게요. 아주 하는 김에… 제대로 해볼게요."

"제안 받아줘서 고마워요."

"고맙긴요, 제가 고마워할 일인데… 하하."

"계약서는 미정 씨 백화점 올 때 같이 와서 한 번에 할 수 있도록 준비해 놓을게요."

"네."

이걸로 계약 얘기는 끝.

정미진은 시계를 힐끔 보더니 자리에서 일어났다.

"점심시간이 다 지나 버렸네요. 미안해서 어쩌죠?"

"괜찮습니다. 지금 먹으면 되죠, 뭐."

"네, 저는 업체 건이 있어서 이만 가볼게요."

"네, 수요일에 뵙겠습니다."

꾸벅, 정미진은 이후 정중하게 인사를 하고 나섰다. 그녀가 완전히 문을 나가고 나서 소파에 털썩 앉자 한정연이 빙글빙글 웃는 낯으로 말했다.

"우와… 성은아, 우리 여기서 뼈를 묻어도 되겠다."

"그러게요. 사실 좀 걱정하긴 했는데… 지금은 말끔히 지웠어요, 호호."

홍보 모델 건 하나로 예상액 백억 이상의 배우가 됐다. 어디 가서 말하면 헛소리 말라고 한 소리 들을 대화가 좀 전에 너무나 자연스럽게 흘렀다. 이후 둘은 손을 배에 공손히 올리고 '잘 부탁드립니다, 사장님' 하고 장난스럽게 인사를 했다. 둘의 모습에 임미정이 웃으면서 지영의 어깨를 툭툭 두드렸다.

그녀의 얼굴에는 미소가 가득했다.

물론 돈 때문에 지은 미소는 아니었다.

"우리 아들 대단하네."

"그래서 이제 어머니가 더 바빠질걸요?"

"아들 덕분에 바빠진 건데, 뭐. 엄마가 열심히 해야지."

"부탁드려요."

밖에 나가기엔 이미 좀 늦었고 해서 이성은이 배달 음식을 시켰다.

밥을 먹은 뒤에 임미정은 메일을 확인하면서 이력서를 보며 면접을 볼 사람들을 추렸고, 지영은 잠시 사무실을 나와 옥상으로 올라왔다.

치익.

"후우……."

담배를 한 대 피우며 지영은 잠시 생각을 정리했다.

복귀 이후 첫 계약은 끝났다.

'이제 슬슬 작품을… 응?'

반짝.

건너편 옥상에서 뭔가 반짝이는 순간 지영은 본능적으로 자세를 낮추며 담벼락으로 몸을 날렸다.

Chapter41
테러리스트

두근두근 뛰던 심장이 전력 질주라도 한 것처럼 거칠게 뛰기 시작했다. 지영은 담벼락에 몸을 웅크린 채 이를 악물고 폰을 꺼냈다.

'누구지? 어디지?'

반짝였던 건 분명 렌즈의 반짝임이 분명했다.

지영은 그 반짝임에 순간적으로 소름이 돋았고, 곧바로 몸을 날렸다. 지영은 폰을 꺼내 바로 전화를 걸었다. 얼마 지나지 않아 바로 회사원의 목소리가 들려왔다.

—무슨 일이신가요?

"지금 제 위치 파악되나요?"

—사무실 건물 옥상 아닌가요?

"네, 그런데 건너편 건물 옥상에서 렌즈가 반짝이는 걸 봤습니다."

─…저격이 있었습니까?

"아니요, 빛이 반짝이는 걸 보고 바로 담벼락으로 몸을 날려 숨어 있는 상태입니다."

─절대 움직이지 마십시오. 바로 회사원들 올려 보내겠습니다.

"네."

─오 분, 오 분이면 됩니다. 절대, 절대 움직이지 마세요.

"네, 알겠습니다."

지영 전담 회사원은 다시 한번 강하게 강조했고, 지영은 고개를 끄덕였다. 나가고 싶은 마음? 확인하고 싶은 마음?

'미쳤냐……'

만약 저곳에 스나이퍼가 있으면 머리를 드는 순간 이마가 터져 버릴 거다. 지영이 바보도 아니고 그럴 가능성이 있는 상황에서 머리를 들 생각을 하진 않았다. 물론 스나이퍼가 아닐 수도 있었다. 아니, 사실 아닐 가능성이 더 높긴 했다.

'어떤 미친 저격수가 유광 렌즈를 사용하겠어.'

저격의 기본은 은밀함이다.

그러니 햇빛 반사가 있을 모든 가능성을 차단한다.

저격용 스코프 렌즈도 마찬가지다.

유광이 아닌 반드시 무광 코팅을 끝내고 장착한다.

'하지만… 만약이라는 게 있지.'

이 만약의 경우 때문에 지영은 움직일 수가 없었다.

처음엔 너무 순간적이라 놀라긴 했지만 시간이 좀 지나자 지영은 안정을 찾았다. 안정을 찾고 나자 냉정하게 상황이 분석됐다.

10분이 지나자 메시지가 왔다.

[옥상 제압 완료됐습니다.]

그 메시지를 본 뒤에야 지영은 후우, 한숨을 내쉬고 자리에서 일어났다. 바닥을 굴러 엉망이 된 옷을 좀 털어내고, 지영은 다시 담배를 꺼내 물었다. 치익. 담배에 불이 붙는 순간 지영의 얼굴이 살짝 일그러졌다.

"후우… 언제까지 짜증나게 진짜."

이렇게 조심하면서 살아야 될까?

아직 건너편에 있던 수상한 놈의 정체가 밝혀지지 않았지만 지영은 짜증을 느꼈다. 솔직히 화가 나지 않는 게 더 이상한 일이었다.

순간적으로 긴장을 했다가, 풀리니 삭신이 쑤셨다. 너무나 갑작스럽게 근 경직이 온 탓이었다. 스트레칭을 해 몸을 좀 풀어준 다음 다시 사무실로 내려왔다. 아, 물론 가기 전에 화장실에 들려 먼지와 흙을 최대한 털어내고 들어갔다. 밥을 먹고 나서인지 임미정을 포함한 세 사람은 휴게실에 가서 휴식을 취하고 있어 지영은 바로 자신의 공간으로 왔다.

의자에 앉는 순간, 한숨이 나왔다.

그리고 한숨이 나옴과 동시에 토요일 날 김지혜가 했던 얘기가 떠올랐다.

"받아들여야겠네."

김지혜가 있었다면?

그 정도 정보력이면 충분히 사전에 알아냈을 가능성이 컸다. 도대체 어떤 방식으로 정보를 모으는지 신기하지만 그것까지 지영이 알 필요는 없었다.

"중요한 건… 도움이 된다는 것 자체지."

어차피 그쪽도 그쪽 나름 이유가 있어 지영의 곁에 붙겠다고 한 거겠지만 어차피 걸리는 게 없는 지영으로서는 그 정보력을 쓸 수 있다는 것 자체가 큰 도움이 되는 상황이었다.

"특히 이럴 때……"

일주일 뒤에 연락이 온다고 했으니, 그때 다시 한번 만나서 더 제대로 얘기를 해봐야겠단 생각이 들었다.

긴장이 풀리자 몸이 나른해졌다.

지영은 컴퓨터를 켜려다가 그냥 간이침대에 누웠다.

*   *   *

두 시간쯤 자고 일어난 지영은 정신을 차리고 대본을 읽기 시작했다. 옛날에도 그랬지만 지영은 아무리 무명 감독의 대본이라고 해도 함부로 다루지 않았다. 일단 보냈으면 최소한의 예의를 갖춰 한번 훑어는 봤다. 정독은 아니지만 그래도 나름 지영이 감독들에게 보내는 최소한의 예의였다.

물론 그런 만큼 더 힘들었다.

재미없는 글을 억지로 읽는 것만큼 곤욕스러운 일은 또 없기 때문이다. 그러나 소소한 기대는 있었다.

진흙 속에서 진주를 찾아낼지도 모른다는 기대랄까? 하지만 진주는 역시 찾기 굉장히 어려웠다.

한참을 보고 있는데 정순철에게 온 연락이 지영의 집중을 깼다.

"네, 강지영입니다."

―낮의 일 때문에 전화드렸습니다.

"후우, 네."

―일단은 단순 파파라치 같긴 한데, 국적이 한국인이 아니라 좀 더 조사가 필요할 것 같습니다. 신병을 억류하는 것도 한계가 있으니 그 안에 자세하게 알아내 다시 연락드리겠습니다.

"네, 제가 괜히 별것 아닌 일에 예민하게 반응했네요."

―아니요, 아닙니다. 별것 아닌 일이라니요.

그 말에 정순철의 단호한 대답이 들려왔다. 지영이 잠시 가만히 있자 그가 계속해서 말을 이었다.

―지영 씨의 반응이 지극히 당연한 수순이었습니다. 실제로 저희 회사 매뉴얼에도 그렇게 나와 있습니다. 혹시 모를 일에는 그렇게 대응하는 게 맞습니다. 그러니 나중에도 오늘 같은 일이 발생하면 반드시 몸을 피하고 연락을 해주십시오. 사소한 의심이라도 들면 무조건 해주셔야 합니다.

"음… 네, 그럴게요."

―약속해 주시겠습니까? 만약 지영 씨에게 무슨 일이 생기면… 저희, 사원증 반납해야 합니다. 하하.

"네."

정순철이 그렇게까지 말하는데 지영은 못 하겠다고 말할 수가 없었다. 그러면서도 진짜 옛날에 비하면… 세상 많이 좋아졌다는 생각을 같이했다.

―아, 몇 명 더 인원 보충이 있을 겁니다. 근접 경호는 아니니 그리 불편하진 않을 겁니다. 참고하시라고 미리 말하는 겁니다.

"후우, 네."

그들로서는 분명 당연한 일을 하는 거다. 회사원이나, 그들이 받는 모든 비용은 국민에게서 나오니 그들도 국민을 위해 일한다. 공무원과 비슷했다. 하지만 이 당연한 일이 당연한 일처럼 받아들이려니 뭔가 괴리감이 들 정도였다.

전화를 끊은 지영은 좀 답답해 다시 옥상으로 갈까 하는 마음에 일어났지만 그냥 다시 의자에 앉았다.

낮에 그 꼴을 보고 다시 옥상에 가자니 뭔가 찝찝했다. 결국 다시 대본을 읽기 시작하는 지영.

그렇게 다시 한참을 보고 있는데 똑똑, 노크 소리가 들렸다.

"네."

"아들, 일어났니?"

"네, 일어났어요."

임미정이 문을 열고 들어와 안을 잠깐 살펴보고는 바로 용건을 꺼냈다.

"지연이가 오늘 학원이 일찍 끝나서 엄마는 먼저 가봐야 할 것 같아."

"그래요? 괜찮아요. 이따가 택시 타고 갈게요."

"아니, 그러진 말고. 지연이 데리고 다시 올 수도 있으니까 엄마가 따로 연락할게."

그 말에 지영은 그냥 고개를 저었다.

"퇴근길이잖아요. 택시 타고 갈게요."

"으이구, 고집은. 그럼 엄마는 바로 집으로 갈게. 몇 시쯤 올 거니?"

"지금이 네 시니까… 늦어도 일곱 시까지 갈게요."

"그래, 그럼 엄마 간다."

"네."

임미정을 문까지 배웅한 지영은 한정연과 이성은에게도 퇴근해도 된다고 말하고 다시 방으로 들어갔다. 할 일도 없는 두 사람을 굳이 잡아둘 필요는 없었다. 잠시 뒤 그녀들이 퇴근하자 지영은 여유롭게 대본을 살펴보기 시작했다.

패스.

패스.

패스.

보류.

패스.

보류.

이런 식으로 계속 대본을 분류했다. 솔직히 너무 많아서 굉장히 지치고, 질리는 작업이었다. 하지만 앞서 얘기했듯, 지영은 대본에 대한 최소한의 예의를 지키는 배우였다. 진흙 속 진주를 찾는 마음으로 빠르게 훑고 있는데 손에 쥐는 순간 눈매가 꿈틀거리게 만드는 제목이 떡하니 박힌 대본이 있었다.

〈테러리스트(Terrorist)〉

극, 임수연.

참 여성스러운 이름이라 인터넷에 바로 검색해 봤지만 따로 나오는 정보는 없었다. 아직 입봉 못 한 극작가인가 하는 마음과 동시에 지영은 대본을 읽기 시작했다. 하지만 어느새 지영의 입매는 비틀려 있었다.

테러리스트?

극도로 증오하는 직업군이다.

뜻을 풀이하자면 정치적인 목적으로 계획적인 폭력을 행사하는 사람이라고 뜬다. 하지만 지영에게는 그냥 악마에게 영혼을 판 폭력배들일 뿐이었다. 그것도 최악의 폭력배. 인류에서 사라져야 마땅한 족속들이 지영이 생각하는 테러리스트였다. 그렇기 때문에 일단 제목으로 지영의 흥미는 이끌어냈다.

그래서 이번엔 진지했다.

진지하게 대본을 읽은 지영은 대본을 내려놓고 책상을 툭툭 두들겼다.

"뭐야, 이게……."

피식, 피식 웃음이 나왔다.

장르는 정통 액션, 느와르, 드라마 정도 될까?

빌어먹게도 대본은 재밌었다.

지영의 호기심뿐만이 아닌 찍고 싶단 욕구가 확 들게 할 정도로 재밌었다. 그렇기 때문에 문제였다.

테러리스트에게 최악의 일을 겪은 지영이다.

이걸 찍게 되면?

멘탈이 너덜너덜해질 것 같았다.

그리고 멘탈이 너덜너덜해지면?

"내가 무슨 짓을 할지 모를 것 같거든……."

그게 문제였다.

감정 컨트롤에 자신은 있지만, 지영은 그걸 완벽하게 통제한다고 말할 수는 없었다. 불쑥 차오를 때, 그때 순간적인 컨트롤이 안 되면? 그야말로… 대형 사고가 터진다. 지영은 눈을 감고, 자신의 현재 마음이 어떤지 가늠해 봤다.

답은 정말 금방 나왔다.

"하고 싶다."

눈을 뜨며 그렇게 중얼거린 지영은 일단 이 극작가를 만나 봐야겠다고 생각했다. 대본을 뒤져 번호를 찾은 지영은 곧바로 전화를 걸었다. 처음에는 받지 않았다. 그래서 몇 분 있다가 다시 전화를 걸었다.

뚜르르.

뚜르르.

단조로운 연결음이 계속해서 들려 이번에도 안 받나 싶어 종료 버튼을 누르려는데 타임이 좋게 연결음이 딱 멎었다.

—음… 여보세요?

부스스한 여성의 목소리.

나이는 가늠하기 쉽지 않았다.

"안녕하세요. 시나리오 대본 보고 연락드렸습니다."

—아… 네, 네?

"시나리오 보고 연락드렸습니다."

—어……? 진짜요? 근데 그거… 한군데밖에 안 보냈는데……?

정신을 차린 것 같지만 좀 맹한 구석이 있는지 목소리에 그런 느낌이 묻어났다. 하지만 중요한 건 대본 자체니까 성격 같은 건 중요하지 않았다.

"네, 반갑습니다. 배우 강지영입니다."

—어… 장난 전화가… 누구지?

피식.

자다 깨서 비몽사몽한 건지, 아니면 원래 의심이 많은 성격인건지. 어떤 거든 지영의 웃을 만한 이유는 충분했다.

"제가 강지영 맞습니다. '테러리스트' 대본은 잘 읽었습니다."

—어, 어어… 왁!

"……."

아… 깜짝아.

귀는 좀 아팠지만 캐릭터가 진짜 흥미로웠다.

―지, 진짜요?

"영상통화라도 걸까요?"

―네, 네!

"……."

전화가 끊기더니 바로 영상통화가 왔다.

의심도 많은 작가라 생각하며 전화를 받자 후드를 푹 뒤집어쓰고, 커다란 잠자리 안경을 쓴 여성의 얼굴이 화면 속에 나타났다. 지영은 폰을 좀 멀리 떨어뜨려 얼굴을 확실하게 보여 줬다.

"……."

―…….

그렇게 잠시 있자 작가 임수연이 멍한 얼굴에서 갑자기 환한 웃음꽃을 피웠다. 이 여자 캐릭터가 진짜… 뭔가 있었다.

―맞네요? 우와…….

"이제 얘기를 해볼까요?"

―네, 아! 제가 다시 전화하겠습니다!

"네… 끊겼네."

대답을 하기도 전에 전화가 끊기더니 10초가 지나기도 전에 다시 전화가 울었다. 받기 전에 이 작가도 참 마이페이스 기질이 강하다는 생각을 하며 통화 버튼을 눌렀다.

―바, 반갑습니다! 팬이에요!

"네, 감사합니다. 시나리오 잘 읽었습니다."

―아… 가, 감사합니다!

"오늘은 좀 그렇고, 내일 만나서 얘기할까요?"

―네! 저… 어디서…….

"거주지가 어디십니까?"

―추, 충주요!

"음… 서울까지 올 수 있나요?"

―그, 그게… 제가, 대인기, 기피… 그, 그게요…….

"…그럼 제가 가겠습니다. 출발할 때 연락할게요."

―감사합니다…….

조금 더 통화를 하다 끊은 지영은 잠시 생각에 잠겼다. 사실 '테러리스트'를 읽으면서 어떤 느낌을 받았다.

천재.

그 향이 짙게 느껴졌다.

한 가지만 맹목적으로 파는, 그러나 아직 주인을 만나지 못해 개화하지 못한.

'만나보면 알겠지.'

기분이 좋아진 지영은 입가에 지어지는 미소를 굳이 막지 않았다.

한정연의 차를 타고 가면서 이번 생에 충주는 참 인연인 것 같단 생각이 들었다. 주덕에 도착해 연락을 하자 먼저 약속 장소에 도착해 있단 답이 돌아왔다. 사람이 없는 조용한 남산 아래 카페에 도착해 안으로 들어가니 분홍색 후드를 입고 있는 여성 딱 한 명만 보였다.

"임수연 씨?"

"네. 우와… 진짜 강지영이다. 와……."

임수연은 지영의 실물을 보고 턱이 빠져라 입을 벌렸다. 평균적인 반응이긴 하지만 어째 임수연에게서는 백치미가 느껴졌다. 어제 통화할 때 보였던 맹한 구석이 있다고 생각했던 게 어째 정답 같았다.

"반가워요, 강지영입니다."

"작가 임수연이에요… 반갑습니다!"

넙죽 인사하는 그녀의 모습에 지영은 피식 웃을 수밖에 없었다. 한정연도 임수연의 모습이 어째 마음에 들었는지 싱글싱글 웃고 있었다.

화장기 없는 얼굴, 초롱초롱한 눈빛.

한정연이 커피를 시키고 와서 물었다.

"나이가 어떻게 돼요?"

"올해 서른다섯입니다!"

"서, 서른다섯……?"

"네! 한정연 코디님이시죠? 안녕하세요!"

"어머, 저를 알아요?"

"그럼요! 지영 배우님에 관한 건 거의 다 알아요!"

덕질이라고 하던가…….

임수연도 상당한 덕력의 소유자였다.

그나저나 지영은 나이를 듣고 좀 놀랐다.

임수연. 목소리를 빼고 전체적인 외모만 보면 동글동글한 이미지다. 키도 작고, 부스스한 차림이지만 그녀는 엄청난 동안이었다. 그냥 보기에 스물 중반 정도. 관리를 좀 하면 대학생으로도 볼 수 있을 나이였다.

특히 어제 영상통화 때 잠시 봤던 잠자리 안경도 쓰고 있었는데 그게 또 엄청 잘 어울렸다.

"와… 장난 아니다. 러블리 터지네, 터져."

한성연의 중얼거림에 헤실헤실 웃다가 고개를 푹 숙여 인사하는 걸 보고 지영은 임수연의 인성도 어느 정도 알 수 있었다. 커피가 나오자 지영은 한 모금 마신 뒤 대화를 시작했다.

"무슨 일 해요?"

"그, 글 써요. 잘 안 팔리지만… 혼자 먹고살 만한 정도는 돼요."

"아, 그렇구나. 이름으로 검색해도 안 나오던데, 필명이 따로 있나 봐요?"

"네, 예인(藝人)이라고……."

예인(藝人)?

아쉽지만 들어본 적이 없는 예명이었다.

"로맨스 쪽인가요?"

"네, 일단 그쪽이 잘 팔리거든요."

확실히… 그렇긴 하다.

로맨스가 한 타에 치고 빠지기 딱 좋다고 하던 말을 옛날에 출판 관계자에게 들은 적이 있었다. 한국의 가장 큰 거대 플랫

폼 두 곳에서도 로맨스로 나오는 매출이 전체 매출에 삼분의 일은 된다는 얘기를 들었다.

그러니 1년에 두 작품만 잘돼도 억대 이상의 매출을 찍기도 한다. 물론 잘나가는 건 수십억까지 벌어들이기도 했다.

"글을 보니까 전문적으로 배운 건 아닌 것 같던데, 맞아요?"

"네, 헤헤, 저는 그냥… 감각으로 써요. 시나리오 대본은 쓰기 전에 인터넷에서 몇 편 받아서 대충 흐름을 파악하고 썼어요."

'어쩐지.'

그녀가 보낸 '테러리스트'는 지명 묘사보다는 인물의 감정 흐름에 훨씬 중점을 둔, '소설' 같았다. 하지만 그럼에도 충분히 재미있게 읽었다. 영화로 찍기 위해서는 이제 전문가들과 대대적인 수정에 들어가야겠지만, 그게 영화의 '재미'를 해치진 않을 것이다.

'내가 그렇게 만들 거니까.'

지영은 사실 이미 마음을 굳혔다.

임수연이 쓴 환상의 세계를 구현시키기로 말이다.

"얘도 니 과 같은데?"

"그래 보이죠? 저도 그렇게 느끼고 있어요."

대본 몇 편 다운받아서 시나리오 대본을 쓴다? 가능은 할 것이다. 문제는 가능만 하다는 거지, 그 안에 '재미'가 담기긴 힘들다는 점이었다. 임수연의 대본은 대충 구조만 알고 썼음에도 충분히 재밌었다.

이건 천부적인 재능이 없으면 절대 불가능한 일이었다.

"시나리오를 보면 거의 저를 배우로 낙점하고 쓴 것 같은데 맞나요?"

"네, 맞아요."

"그런데… 왜 하필 테러리스트 이야기죠? 제가 무슨 일을 당했는지 알 텐데요?"

"가장 잘 표현할 수 있으니까요. 만약 지금의 강지영이 영화를 씌는다면요."

"……"

지영은 그 대답에 말문이 턱 막혔다. 확실히 그렇긴 하다. 소설의 주인공은 둘이다. 평범하지만 사실은 평범하지 않은 전직 특수 요원. 그리고 정치적인 목적을 상실한 채, PTSD에 걸린 광신도처럼 목적 없는 테러를 일삼는 테러의 스페셜리스트. 지영은 보는 순간 알았다. 자신의 배역은 테러리스트라는 것을.

"테러에 가족을 잃고 지독한 분노를 느끼는 주인공도 분명 어울리지만, 그건 누구나 할 수 있어요. 하지만 목표를 잃고 바다 위에서 표류하는 감정을 가진 테러리스트는 아무나 할 수 없어요. 그 섬세한 감정 표현은 강지영 배우밖에 없다는 생각에서 나온 세계예요."

임수연은 주인공보다 악역 주인공에게 더 힘을 줬다. 실제로 그녀가 쓴 '테러리스트'에는 주인공보다 악역 주인공이 훨씬 더 많이 등장한다. 그의 과거, 현재, 감정의 전후, 뒤틀림, 맹목적인 의식의 흐름, 목적을 되찾으려는 처절한 몸부림, 그 모든 것이

전부 표현되어 있었다.

그래서 그만큼 표현해야 할 게 많았고, 임수연은 지영을 생각하며 세계를 그려 나갔다.

"소설의 내용을 보자면 진부하긴 한데……."

"헤헤, 좀 그렇죠?"

지영의 혼잣말에 임수연은 헤실헤실 웃으며 그걸 또 받았다. 피식.

"근데 그만큼 끌려요. 찍고 싶을 만큼."

"아… 진짜요? 감사합니다!"

"혹시 영화계에 아는 사람이 있나요?"

"헤헤, 아니요… 제가 방에 틀어박혀 글만 쓰는 스타일이라……."

"……."

그렇게 말하고 임수연은 또 헤실헤실 웃었다. 지영은 임수연이 어떤 성격인지 금방 알 수 있었다. 방구석 폐인. 하지만 아무것도 안 하는 건 아니고 건실하게 자기 할 일은 하면서 세상 밖으로 잘 안 나오는 스타일. 드라마나 영화에나 있을 법한 캐릭터지만 엄연히 현실에 존재하고 있었다.

그것도 꽤나 많이.

"영화는 좋아하나요?"

"네! 영화, 소설, 드라마 다 좋아해요!"

"그럼 혹시 '테러리스트'가 영화화된다면 맡기고 싶은 감독이 있나요?"

"있어요! 류승현 감독님!"

"아……."

액션의 거장.

영상미는 물론 영화 안에 사회 풍자 메시지를 담는 데는 도가 튼 감독이기도 했다.

"그럼 남주 역할은요?"

"그분 동생!"

"류승연이요?"

"네! 헤헤."

"하, 하하……."

양아치 연기의 달인인데?

이름처럼 예쁜 비주얼은 아니라서 차라리 테러리스트가 훨씬 어울리는 게 류승현 감독의 동생 류승연이다. 하지만 생각해 보면 역으로 바꾸어서 어째 묘하게 어울리기도 했다.

남주 역할을 할 지영이 테러리스트.

테러리스트 역할을 할 류승연이 남주.

생각해 보니 진짜 나쁘지 않았다.

지영은 일단 고개를 끄덕였다.

될지 안 될지 솔직히 미정이지만 일단 두 사람에게 의사를 타진해 보는 정도는 충분히 할 수 있었다.

'류승연이 지금 사십 대 중반이니까 내가 노안 메이크업을 좀 해야겠네.'

그래야 밸런스를 맞출 수 있었다.

"좋아요. 제가 그쪽에 한번 연락해 볼게요."

"우와… 진짜요?"

"제가 수연 씨 놀리려고 충주까지 왔을까요?"

"아니요!"

도리도리.

격렬한 고갯짓에 뼈가 두둑거리는 소리가 났다.

"그럼 이제 그만 일어날까요?"

"네!"

지영은 카페를 나와 근처에서 점심을 먹고 임수연을 집에 바래다준 다음, 다시 서울로 향했다. 그렇게 강지영의 연기 인생에 가장 중요한 역할 하나를 맡을 임수연과의 만남은 몇 시간만에 끝났다.

*   *   *

서울로 올라온 지영은 일단 류승현 감독과 그의 동생 류승연이 뭘 하고 있는지부터 알아봤다. 그의 소속사에 연락해 보니 작년에 천만 영화 하나를 내고는 아직까지 이렇다 할 활동을 하고 있진 않았다.

이성은이 연락해 알아보는 동안 지영은 인터넷에 들어가 두 사람의 근황을 검색해 봤다. 요즘은 인터넷에 배우나 가수, 스포츠 스타나 정치인까지 웬만한 이들의 움직임은 전부 올라오기 때문에 뭘 하고 있는지 알아보는 건 그리 어렵지 않았다.

"약속 잡을까?"

이성은의 질문에 지영은 고개를 끄덕였다.

쇠뿔도 단김에 빼란 속담이 있듯이 지영은 질질 끌지 않고 바로 류승현과 류승연을 만나보기로 했다.

"네네, 오늘이요? 음… 아, 괜찮아요. 저녁 7시. 네, 알겠습니다. 장소는 저희가 잡을까요? 그쪽에서요? 네, 장소 잡히면 이 번호로 연락주세요. 네, 네."

이성은이 전화를 끊고 지영을 보며 고개를 끄덕였다.

약속은 금방 잡혔다.

그것도 바로 오늘.

시간을 보니 이제 오후 다섯 시.

약속 시간까지 두 시간밖에 남지 않아 지영은 얼른 한정연이 챙겨준 옷으로 갈아입었다. 깔끔한 청바지에 셔츠, 그리고 가을만 되면 유행을 다시 타는 불멸의 트렌치코트를 걸쳤다. 30분이 지나서 바로 두 사람이 소속된 회사에서 약속 장소를 알려왔다. 위치를 보니 그리 멀지 않았다.

지영은 집에 연락을 하고 바로 두 사람과 함께 회사를 나섰다.

약속 장소는 룸 형태의 일식집이었다.

안으로 들어가니 세 사람이 기다리고 있었다.

두 사람은 류승현과 류승연이고, 한 명은 아무래도 회사 사람 같은 느낌이 났다. 지영이 들어가자 세 사람이 동시에 자리에서 일어났다. 지영은 먼저 고개를 숙여 인사를 했다.

"안녕하세요, 강지영입니다."

"하하, 설마 했는데 진짜였네요. 반갑습니다. 류승현 감독입니다."

류승현은 서글서글하게 생긴 사람이었다.

잔주름이 눈가에 자글자글해 그의 인상은 더욱 순해 보였다.

"류승연입니다."

짧게 자기 이름만 밝히는 류승연은 형과는 엄청 대조적이었다. 외모에서 나오는 인상부터, 눈빛에 담긴 감정까지, 아예 정반대라 할 수 있었다.

"회사 '류'의 실장 안진태입니다. 하하, 반갑습니다."

한 사람은 두 사람 전속 회사의 실장이란 사람이었다. 인사가 끝나고 자리에 앉자 안진태 실장이 일단 술을 시켰다. 아직 음식도 나오지 않았는데? 하고 지영이 생각하는 순간 류승연이 갑자기 입을 열었다.

"술 좋아합니까?"

"저 아직 미성년입니다만."

"음… 안 할 것 같진 않은데?"

"네, 뭐. 이런저런 일이 있어서 마시긴 합니다."

공격적인 어조는 아니었다.

만약 그랬다면 지영이 이렇게 순순히 대답하지도 않았을 것이다. 류승연의 눈빛에는 이제 완연하게 호기심이 엿보였다.

천재 배우.

비운의 배우.

두 가지의 타이틀을 동시에 가진 강지영이란 인간 자체에 대한 호기심이었다. 지영처럼 정리하지 않고 아무렇게나 막 기른 헤어스타일이 어째 그의 성정을 대변하고 있는 것 같기도 했다.

미닫이문이 열리고 술이 들어왔다.

하얀 자기로 된 병과 도자기 주전자에 담긴 걸 보니 어째 선통주 같았다.

"한 잔 드릴까요?"

"네, 주세요."

기 싸움도 아니니 이런 건 마다할 생각이 없었다. 한정연과 이성은은 좀 불안한 눈빛이었지만 류승현과 안진태는 오히려 웃고 있었다. 두 사람이야 이런 일을 그리 겪지 않아서 보이는 불안이라 지영은 괜찮다고 하고는 안주도 없이 술을 쭉 들이켰다.

"자, 한 잔 마셨으니 용건을 꺼내도 될 것 같지 않습니까?"

이제 40대 후반을 바라보는 류승연이다.

거칠 것 같은 이미지지만, 그는 그래도 예의를 잃지 않았다.

지영은 챙겨온 대본을 두 사람에게 건넸다.

"'테러리스트'?"

"형, 이거 시나리온데?"

"나도 알아. 혹시 이거 직접 쓴 겁니까?"

류승현 감독의 질문에 지영은 고개를 젓고는 대답했다.

"제게 따로 온 겁니다. 작가를 오늘 만나고 왔는데 처음 쓰는 영화 대본이라 이쪽에 인맥이 없어서 제가 대신 왔습니다."

"흠, 잠깐만요. 오 분만 보겠습니다."

"네, 그러세요."

이후 류승현 감독은 빠르게 '테러리스트' 시나리오를 읽기 시작했다. 사락사락 종이 넘어가는 소리만 들리는 지루한 시간이었지만 지영은 잠자코 기다렸다. 두 사람이 상당히 속독인지라 금방 대본을 보고는 내려놓았다.

"형, 재밌는데?"

"나도 괜찮게 봤다."

류승현 감독은 그렇게 대답한 후, 지영에게 다시 시선을 줬다.

"그럼 지영 씨가 주인공, 승연이가 테러리스트, 제가 감독입니까?"

"류승현 감독님이 메가폰을 쥐는 건 맞는데, 테러리스트 역은 제가 하고 싶습니다."

"네?"

류승현 감독은 지영의 대답에 눈을 동그랗게 떴다가 다시 생각에 잠겼다. 류승연은 지영을 빤히 보더니 이내 킥킥 웃기 시작했다. 이번에도 역시 비웃는다는 느낌은 받지 못했다. 오히려 지영이 느끼기에 순수하게 재미있게 나온 웃음 같았다.

"형, 나 이거 하고 싶은데? 오랜만에 하나 같이하자, 응?"

"그러게… 지영 씨가 테러리스트라… 이거 참… 어떻게 표현을 해야 할지 벌써부터 궁금해졌어."

두 사람의 반응은 긍정적이었다.

아니, 적극적이었다.

순식간에 얘기가 진행되면서 다른 조연배우 이름이 거론되더니 촬영 시기, 로케 장소 등을 의논했다.

영화광.

영화에 미친 형제.

시영이 보는 두 사람은 딱 그런 느낌이었다.

"자자, 얘기는 이제 차차 논의하고, 저녁이나 듭시다."

안진태가 두 사람을 진정시키고 바로 상을 들여달라고 종업원에게 부탁했다. 말을 한 지 10분도 안 지나 상다리가 휘도록 음식이 들어왔다. 식사 시간에서도 두 사람은 시종일관 영화 얘기였다.

지영은 그런 두 사람을 보면서, 이번 영화도 재미있을 것 같단 느낌을 받았다. 식사를 마치고 차를 마시면서 다음 주에 임수연까지 불러 대대적인 회의를 해보자는 약속을 하곤 바로 헤어졌다.

음식점을 나와 차에 타니 벌써 10시가 다 되어가고 있었다.

"후우, 배부르다."

운전석에 탄 한정연의 말에 이성은 쿡쿡 웃더니 소화제를 내밀었다. 그걸 넙죽 받아먹은 한정연이 고개만 돌려 지영을 보며 물었다.

"바로 집으로 갈 거지?"

"네."

"오케이. 한숨 자. 도착하면 깨워줄게."

"넵, 부탁할게요."

지영은 의자에 몸을 깊숙이 묻었다.

하지만 지잉, 울린 폰을 본 지영은 다시 벌떡 일어나야 했다.

[공주님, 찾았습니다.]

안 일어날 수 없는 메시지였다.

Chapter42
은재의 행방

눈을 껌뻑거리면서 메시지 내용을 이해하려 하는데 다시 지
잉, 메시지가 왔다.

12시에 연락하겠다는 메시지였다. 하지만 연락이고 나발이
고 지금 그게 중요한 게 아니었다. 공주님, 찾았습니다. 그 단
어들만 계속해서 눈에 들어왔다.

'드디어……'

지영은 의심하지 않았다.

설마 확인하지도 않고 이렇게 메시지를 보냈겠는가?

지잉.

다시 메시지가 왔다.

사진 파일이었는데 지영은 곧바로 다운로드를 터치했다. 다

받은 다음 사진을 열었더니, 한 여인이 바람에 흩날리는 머리카락을 쓸어 넘기고 있는 모습이 담겨 있었다. 옆모습이지만 지영은 알 수 있었다.

사진 속 여인이 유은재라는 것을.

정말 보자마자 알 수 있었다.

젖살이 빠진 은재의 모습은 정말 예뻤다.

중학교 때와는 다르게 키도 좀 큰 느낌이었다.

물론 여전히 휠체어에 앉아 있는 모습이지만 그래도 상관없었다.

은재에 대한 마음은 여전했으니까.

오히려 안달이 나고 있었다.

'이제 우리 슬슬 볼 때 됐다. 그치?'

지영은 사진을 보면서 그렇게 물었지만 인형처럼 무표정한 사진 속 은재는 답을 해주진 않았다. 물론 지영도 답을 바란 건 아니었다.

그녀와의 추억이 새록새록 다시 떠올랐다. 어렸었지만 정신적으론 이상하게 성숙했던 은재와 나누었던 정신적인 교감들.

그 교감들은 지영에겐 보물이었다.

그 무엇과도 바꿀 수 없는 너무나 소중한 보물이었다.

집에 도착한 지영은 임미정과 강상만에게 오늘 있었던 일을 가볍게 전달하고 바로 방으로 돌아와 씻었다.

그러니 벌써 시간이 11시.

전화는 항상 12시에 오니 이제 한 시간 남았다.

두근두근.

심장이 뛰었다.

지영은 심장을 살며시 부여잡았다.

벌써부터 나대면 이따가 통화할 때는 어째 터질 것 같아서였다.

평소에는 금방 가던 1시간이, 오늘은 왜 그리 안 가는지 마치 3시간은 기다린 것 같은 느낌이었다.

지잉, 지잉.

"네, 강지영입니다."

—메시지 확인했습니까?

"네, 확인했습니다."

목소리가 변했다.

저번보다 조금 더 날카로운 느낌이었다.

지영은 본능적으로 이번에 전화를 건 주모가 전과 다른 사람이라는 걸 바로 알 수 있었다. 하지만 뭐, 그거야 중요한 게 아니었다.

"은재는 어디에 있습니까?"

—함메르페스트입니다.

"함메르페스트?"

—네.

지영은 얼른 검색창에 지명을 쓰고는 엔터를 쳤다.

함메르페스트(Hammerfest).

노르웨이 최북단의 도시였다.

인구는 약 만 명 정도의 아주 작은 소도시.

사람이 정말 없는 곳에 은재를 숨겼다.

'김은채……'

그 독하고 독한 김은채는 지구의 끝 중 한 곳에 은재를 숨겼다.

—그래도 다행히 도시에 살고 있었습니다. 만약 숲이나 산맥으로 들어갔으면 시간이 더 걸렸을 겁니다.

"고생했습니다. 혹시 은재 주변에 경호원이 있었습니까?"

—가드는 총 넷, 공주님의 식사와 건강을 책임지는 이들이 둘이었습니다. 전원 여성으로 이루어진 팀이었습니다.

"접근해 봤습니까?"

—접촉하진 않았습니다. 저희의 일은 여기까지입니다.

"음… 학대의 흔적은 없었습니까?"

—네, 공주님은 가끔 가다 웃을 때도 있었습니다. 경호원으로 보이는 이들과 대화할 때도 웃는 걸 보니 사이가 나쁜 건 아닌 것 같았습니다.

"후……"

다행이었다.

어쩌면 저 경호원들과 영양사, 의사는 유배당한 것이나 다름없어 나쁜 마음을 먹고 해코지라도 했으면 어쩌나 걱정했는데, 다행히 그런 일은 일어나지 않았다.

"특이 사항은 없었습니까?"

―의문점이 하나 있습니다. 다만 고객의 개인 프라이버시를 침해할 것 같아 망설이고 있었지만 질문했던 특이 사항에 대해 대답하려면 선행되어야 하는 질문입니다. 해도 됩니까?

"네, 괜찮습니다."

특이 사항이 있다면 전부, 하나도 빠짐없이 알고 싶었다.

'그래야… 나중에 전부 되돌려줄 수 있을 테니까.'

김은채.

지영은 이제 당한 건 반드시 갚아준다.

―공주님과는 아직 연인 사이입니까?

음…….

잠시 생각하던 지영은 솔직하게 얘기하기로 했다.

"은재가 마음이 돌아서지 않았다면 저희는 아직 연인 관계입니다."

―그렇습니까. 그렇다면 이상한 점이 하나 있습니다. 공주님은 강지영 씨가 돌아온 것에 대해 모르고 있는 것 같습니다.

"…예상은 하고 있었습니다."

은재라면, 그 똑똑한 은재라면 지영이 돌아왔다는 것을 알게 되면 어떻게든 연락을 해왔을 것이다. 하지만 그러한 움직임은 하나도 없었다.

그렇다면 생각해 볼 수 있는 건 딱 하나였다.

유은재는, 강지영이 여전히 죽은 줄 안다.

혹은.

납치 상태인 걸로 안다.

그렇기 때문에 연락을 못 한 것이다.

두 장의 사진에서 지영이 느낀 건 완전한 체념이었다. 그러한 감정이 너무나 짙게 은재의 얼굴에 씌어져 있었다. 그렇다면 김은채는 은재가 인터넷을 포함한 모든 매체(Media, 媒體)와의 접촉을 완벽하게 틀어막고 있다는 결론밖에 나오지 않았다.

그게 어떻게 가능하냐고?

쉽다.

은재는 다리가 불편하니까…….

집이라는 공간에 은재를 두고 폰, 티비, 컴퓨터 같은 미디어 기기를 전부 치워 버리면 된다. 그렇게 하면 세상과 완벽하게 단절된다.

그리고 동시에, 유은재라는 한 명의 인간도 세상에서 단절된다.

─숙소로 쓰고 있는 집도 인터넷이 연결되지 않음은 물론이고, 티비조차 없는 걸로 보였습니다. 팀이 사용하는 폰도 인터넷이 안 되는 특수한 위성 전화인 걸로 파악됐습니다.

"……."

진짜, 진짜…….

'철저하구나, 김은채.'

아주 완벽하게 막아놨구나.

자신의 존재를, 은재가 아는 모든 방법에 대해서 말이다.

이쯤 되면 지영도 지영이지만 김은채도 진짜 대단했다.

인정할 건 인정하고, 나중에 몇 배로 갚아주면 된다.

─또한 수술 예약이 잡혀 있는 걸 확인했습니다.

"네?"

정신이 번쩍 들었다.

수술?

무슨 수술?

─수술 내용까지는 아직 확인하지 못했습니다. 하지만 그쪽은 의료·쪽 정탐이 쉽지 않아 정 수술 내용을 알려면 그만큼의 리스크를 안고 갈 수고비를 줘야 합니다.

"얼맙니까?"

─한 장입니다.

"바로 알아봐 주세요."

─네, 입금과 동시에 진행하겠습니다.

지영은 동시에 다른 생각도 번쩍 떠올랐다.

은재는 찾았다.

그렇다면 이제… 김은채가 문제다.

그 사갈 같은 성격의 김은채가 만약 지영이 은재를 찾은 걸 알게 된다면?

'무슨 짓이든… 반드시 해온다.'

김은채는 진짜 그러고도 남았다.

그런 생각이 들자 지영은 바로 입을 열었다.

"하나 더 의뢰하고 싶은 게 있습니다."

─네, 말하세요.

"대기업 오너 일가 조사도 가능합니까?"

―…….

여태껏 한 번도 침묵하지 않았던 부뚜막의 주모가 이번엔 잠시 입을 닫았다. 지영은 일단 가만히 기다렸다. 약 3분 뒤, 다시 목소리가 들려왔다.

―어느 선까지 원합니까?

"나와 은재에 대한 모든 움직임. 특히 김은채에 대한 정보는 반드시 필요합니다."

―잠시 기다려 주십시오.

혼자 결정할 사안은 아닌 것 같았다. 하긴, 그럴 만도 했다. 대기업, 그중 대성그룹은 흔히 말하는 공룡 그룹이었다. 건설쪽에서는 타의 추종을 불허할 정도로 원탑이었고, 이제는 에너지, 요식, 물류를 포함한 다른 업계 쪽으로도 발을 뻗고 있었다.

심지어 '칩' 쪽은 이미 대한민국 1등 그룹의 뒤를 바짝 쫓고 있었다. 그만한 거대 그룹의 오너 일가를 조사하는 일이다.

이건 위험성이 굉장히 큰일이었다.

벌집을 꼬챙이로 쑤시면 어떻게 될까?

벌들이 어이쿠야, 하고 도망갈까?

아니다.

꼬챙이를 든 침입자를 향해 날아든다.

꼬리의 침을 바짝 세우고 말이다.

그러니 최대한 은밀하게 진행해야 하는데 꼬리는 아무리 짧아도 언제는 밟히는 법이란 걸 지영은 알고 있었다.

'이 세상에 완벽한 비밀이란 있을 수 없으니까.'

분명 어떤 방식으로든 대성그룹은 알게 될 것이고, 그렇게 되면 분명 조치가 취해질 것이다. 그리고 지영은 솔직히 대기업 정도 되면 부뚜막의 존재를 알고 있을 거라 생각했다. 정부는 물론, 아직도 지영을 가드해 주는 회사도 존재는 알고 있을 것이다. 어쩌면 이미 접선했거나, 손을 잡았거나, 이용료를 내고 고객이 됐을 가능성도 있었다. 그렇기 때문에 저렇게 신중한 것이다.

그래서 지영은 이해했다.

침묵은 길었다.

그런 만큼 회의도 길어지는 것 같았다.

벌집을 한번 건드려 보느니, 마느냐에 대한 민감한 주제로 말이다. 지영은 기다렸다. 한참을 기다리고 나니 건너편에서 목소리가 넘어왔다.

─죄송합니다. 시간이 좀 걸렸습니다.

"네, 불가인가요?"

─주모들의 의견이 갈렸지만, 회의 끝에 하나의 의견을 강지영 씨에게 드릴 수 있게 됐습니다.

"뭔가요?"

─일가 전체는 불가.

"……."

─단, 김은채 한 사람에 대한 것은 받아들입니다. 어떻습니까?

어떠냐고?

나이스다.

진짜 나이스였다.

"좋습니다. 가격은 어떻게 됩니까?"

─열 장. 올해를 지나 내년 해가 넘어가면 두 장씩 추가입니다.

"진행해 주세요."

돈?

솔직히 열 장이면 엄청난 돈이었다.

그 열 장이면, 정말 많은 사람을 도울 수 있었다. 하지만 그럼에도 지영은 그 돈이 아깝지 않았다. 자신과 은재를 위해서 쓰는 돈이기 때문이었다.

그것도 안전을 위해서 말이다. 그래서 조금도 아깝지 않았다.

─그럼, 입금 즉시 바로 진행하겠습니다.

"네."

지영은 그렇게 대답하고 전화를 끊었다.

그리고 담배를 챙겨 아래로 내려갔다. 거실 불은 꺼져 있었다. 조용히 냉장고에서 맥주를 하나 꺼낸 지영은 현관문을 열고 밖으로 나갔다.

선선한 가을의 밤바람이 반겨주자 지영은 좀 흥분이 가라앉는 것 같았다.

지연이를 위해 그네처럼 설치한 흔들의자에 앉은 지영은 맥주를 땄다.

치이익, 하고 탄산 소리가 적막을 깼지만 지영은 바로 맥주를 벌컥벌컥 마셨다.

목이 따끔거렸지만 단숨에 반이나 비운 지영은 담배를 꺼내 입에 물었다.

치익.

"후우……."

불빛이 약한 무드 등 아래, 담배 연기가 모락모락 피어올랐다.

피식.

"김은채… 내가 못 찾을 줄 알았지?"

병원까지 찾아와서 자신을 비웃으려던 김은채의 얼굴이 떠올랐다.

분명히 아름다운 얼굴임에도 이상하게 독기가 가득했던 그 눈빛, 그 미소가 전부 떠올랐다.

그러다가 지영의 기세에 쫄아서 바들바들 떨었지만 끝까지 눈빛만으로 대들었던, 지영이 아는 한 손에 꼽을 정도의 독종이었다.

"얼마 안 남았어. 기다려라. 내가… 미치게 해줄게."

피식피식 웃음이 나왔다.

김은채의 일그러진 얼굴을 볼 생각을 하니 벌써부터 즐거워서였다.

물론 그녀를 찾았다고 다 끝난 건 아니었다.

은재를 데려올 방법도 모색해야 하고, 데리고 와서도 안전하게 같이 있을 방도 또한 필요했다. 그게 선행되지 않고서는 김은채에게 한 방 먹이는 건 무조건 보류해야 했다. 하지만 지영은 이미 어느 정도 생각해 놓은 방법이 있었다. 물론 쉽지 않은 방법이었다.

하지만 성공만 하면, 모든 걸 한 방에 해결할 수 있는 방법이기도 했다.

지영은 폰을 꺼내 다시 부뚜막에서 보낸 그녀의 사진을 켰다. 어느새 그 사진은 배경 화면이 되어 있었다.

"후우……."

머리를 쓸어 넘기며 아련한 눈빛으로 어딘가를 바라보는 은재. 시선의 끝에는 뭐가 있을까? 지영은 그게 궁금해졌다. 직접 물어볼 수 있으면 좋으련만……. 그러지 못해 너무 아쉬웠다.

치이익!

담배를 끈 지영은 남은 맥주를 다시 단숨에 마셨다.

콰드득, 캔을 우그러뜨린 지영은 그 자리에서 담배를 한 대 더 피우고 일어났다. 이후 다시 방으로 돌아가 침대에 누운 지영은 다짐했다.

'하나씩, 하나씩 차근차근 해결하고 갈게. 그때까지 조금만 기다려 줘.'

위치를 파악했으니, 이제는 그녀를 되찾을 준비를 할 시간이었다. 그런 생각을 하면서 돌아온 이후 처음으로 지영은 잠을 설쳤다.

하지만 다행히 그날 밤 꿈에 그리운 그녀가 찾아왔다가, 아침이 되어서야 떠났다.

Chapter43
제작 발표회

그날 이후 지영은 하루하루가 매우 바빴다. 지영이 바빠지자 덩달아 한정연과 이성은은 물론, 임미정까지 바빠졌다. 임미정 은 수요일 날 아침에 가서 바로 100억과 지영의 홍보 CF 계약 을 체결하고 왔다.

그리고 그 사실은 곧바로 은정 백화점 홍보 팀에 의해 언론 에 밝혀졌다. 언론은 드디어, 드디어 강지영이 움직인다며 환호 했다. 기사가 폭포처럼 쏟아졌다. 거기서 끝이 아니었다. 지영의 신작 때문에 류승현, 류승연과 회동했다는 사실이 밝혀지고, 둘 의 소속사 '류'에서 공식 인정하는 기사까지 연달아 터졌다.

안 그래도 '피지 못한 꽃송이여'로 인해 엄청난 화제에 서 있 던 지영은 모든 연예계 매체를 장악했다.

공식 석상에 선 것도 아니고 단순히 계약과 신작 검토를 위한 회동 하나만으로 이렇게 이슈가 된다는 게 지영도 어이가 없었지만, 사실이었다. 아주 그냥 빵빵 터졌다. 더 이상 터지면 바람이 가득 찬 풍선처럼 터져 버릴까 걱정이 될 정도로 모든 매체가 지영에 대한 얘기를 보도했다.

기나긴 침묵을 깬 비운의 천재가 드디어 대중 앞에 선다는 타이틀로 9시 뉴스까지 등장했을 정도였다.

다만, 아직 지영이 개인 회사를 차린 건 알려지지 않아 사무실은 조용했다. 이 사무실 연락처를 은정 백화점과 류 엔터는 알고 있지만 다행히 그쪽에서는 비밀에 부쳐줬다. 예전엔 언론에서 그렇게 시끄럽게 떠들어대면 지영은 항상 평온했는데, 지금은 아니었다. 지영은 임수연을 다시 만났다. 물론 류 감독, 배우와 함께였다. 네 사람이 모여 작품 얘기를 하면서 지영은 임수연에게서 의외의 면을 발견할 수 있었다.

작품에 대한 엄청난 애착.

생각하고, 또 생각하고, 또또 생각하는 장고 끝에 스스로 문제가 아니라면 절대로 내용, 대사를 고치지 않았다. 소설을 내는 작가기도 하지만 이쪽 업계에서는 새파란 신인이었다. 그런 끈도 없는 새파란 신인 임수연은 헤실헤실 웃으면서도, 결코 수긍하지 않으면 고개를 끄덕이지 않았다.

그래서 회의는 릴레이로 4일간 이어졌다.

그녀는 류승현 감독에게 투박한 대본을 좀 더 정교하게 만드는 방법을 전수받았고, 다시 집으로 내려가 일주일의 잠수 끝에 다시 수정 대본 하나를 보내왔다. 그렇게 지영이 보기에 완벽한 대본 하나가 뚝, 완성됐다.

영화 제작에 관한 건 류승현 감독이 알아서 하기로 했다. 물론 투자 같은 건 걱정도 하지 않았다.

다른 사람도 아니고 강지영 복귀 이후 첫 작으로 결정한 작품이다. 오히려 오매불망 자신들의 회사를 찾아와 주기를 바라야 할 판이었다. 아니, 그 정도도 아니고 벌써부터 류 엔터를 찾는 투자회사 관계자들이 심심찮게 목격된다는 기사가 떴다.

'피지 못한 꽃송이여'도 엄청난 흥행을 기록하고 있었다. 하지만 좋은 일만 있던 건 아니었다. 영화가 너무 셌다.

그래서 그 영화가 주는 메시지, 감정을 받아들이는 관객들의 마음속에 반일 감정이 너무 거세게 일기 시작했다.

화합?

사과?

개소리!

일본 정부는 여전히 변하지 않았다.

옛날 군함도에 관련된 영화가 나왔을 때보다 훨씬 더 거세게 반일 감정이 불타기 시작했다. 그리고 급기야는 반일이, 혐일까지 넘어가 버린 사람들이 속출했다. 결국 사고가 터졌다. 일본까지 건너가 시위를 하다가 일본 극우 단체에게 폭행당하는 사건이 터졌다. 안 그래도 불이 붙은 상황인데, 이 사건이 터지자 양국의 정부도 불이 붙었다. 연일 성명이 오가며 관계까지 험악해지기 시작했다.

근데 웃기는 게, 이게 단 하나의 영화로 인해 생긴 일이었다.

지영은 이걸 웃어야 할지, 울어야 할지 갈피를 잡지 못했다.

솔직히 영화가 주는 감정에 취해 일본에 가서 위험하게 시위를 한 한국인에게 1차적인 잘못이 있다고 할 수 있었다. 하지만 그가 그랬던 이유가 밝혀지면서 잘못했다고 말할 수도 없었다.

폭행당한 그는 독립운동가의 후손이었고, 심지어 위안부에 끌려간 조상까지 있었을 정도였다. 그러니 그가 그러한 행동을 왜 했는지, 왜 그렇게 격렬하게 반응했는지 이해하는 사람이 늘어났다.

그가 든 피켓에 적힌 내용은 심플했다.

너무 심플해 고개를 갸웃거릴 정도였다.

사과하라.

단, 네 글자.

이 단 네 글자를 행동하지 않아 빚어진 사고였다. 지영은 움직이지 않았다. 따로 인터뷰라도 할까 했지만 고개를 저었다. 개인의 행동에 대한 책임은 개인이 지는 법이다. 또한 표현의 자유가 보장된 곳이 대한민국이다. 그래서 지영은 움직이지 않았다. 대신, 장재원 감독에게 연락해 '피지 못한 꽃송이여'를 조기에 내려줄 순 없겠냐고 부탁했다. 물론 가능성은 희박했다.

대기업이, 아직도 돈이 되는 그의 작품을 조기에 내릴 가능성은 거의 없었기 때문이다. 그리고 실제로 무산됐다. 영화는 벌써 2천만을 향해 다가가고 있었기 때문이었다. 그사이 임미정은 건물주와 만나 건물 구입을 마쳤다.

시가보다 3억을 더 줘서 63억을 썼다고 임미정이 말했지만 지영은 크게 감흥이 없었다. 돈 문제는 모두 임미정에게 일임했기 때문이었다. 지영은 솔직히 '매향유정'과 세 편의 작품으로 받는 것만 해도 충분했다. 아니, 충분하다 못해 넘쳤다.

그사이 직원도 고용했다.

회사 업무에 대해 적당히 경력이 있는 20대 후반의 여직원을 두 명 뽑고 나니 한정연과 이성은이 드디어 업무에서 해방, 다시 지영을 최고로 꾸며줄 공부를 시작했다. 지영도 준비를 시작했다.

운동은 꾸준히 했기 때문에 문제가 없었지만, 아무래도 류승현 표 액션을 찍으려면 그의 절친이라 할 수 있는 무술감독 정주 표 액션도 익혀야 했기 때문이었다. 그래서 지영은 오전에 한 번, 오후에 한 번 그의 액션 스쿨에 다녔다. 그렇게 다시 지영이 영화를 찍을 준비를 하는 동안 한 달이란 시간이 훌쩍 지나갔고, 열기는 확실히 많이 가라앉았다. 하지만 그것도 잠시, 다시 한국은 '테러리스트' 제작 발표회 소식으로 인해 후끈 달아오르기 시작했다.

*　　　　*　　　　*

5년의 대부분을 해가 작열하는 열사의 대지에서 보내다가 쌀쌀한 겨울의 초입을 오랜만에 겪으니 지영은 영 적응이 되질 않았다. 그래서 태어나 한 번도 걸린 적이 없던 감기까지 걸리고 말았다.

심하진 않았지만 미약하게 몸살 기운이랑, 목이 따끔 따끔거렸다. 그렇게 지영의 컨디션이 떨어지자 제작 발표회를 뒤로 미루자는 의견이 나왔지만 지영은 고개를 저었다. 이 정도의 컨디션 난조로 제작 발표회를 미루는 건 강시영이란 배우의 복귀를 오매불망(寤寐不忘) 기다리고 있던 팬들과 오늘 하루를 위해 많은 준비를 한 기자들에게도 예의가 아니었다. 솔직히 기자라는 직업군 자체를 지영은 싫어하지만, 원해서 그러는 게 아닌 기자들도 분명히 있음을 지영은 잘 알고 있었다.

그래서 그냥 일정을 소화하겠다고 하고, 점심나절부터 준비에 들어갔다. 오랜만에 지영을 제대로 손봐주게 된 한정연과 이성은은 진짜 신이 났다. 대체 어디서 준비한 건지 수십 벌의 옷을 들고 와 지영에게 대보며 코디를 맞췄다.

'컨디션이 안 좋았으니 이정도지······.'

지영은 아직도 테이블에 쌓아놓은 옷을 고르고 있는 둘을 보며 고개를 절레절레 저었다. 만약 컨디션이 정상이었다면 벌서 피팅룸을 수없이 드나들었을 것이다. 지영은 사무실을 돌아봤다. 직원 넷이 전부 여자인 요상한 팀이다. 아직 둘은 적응을 완벽하게 못해 조금 일처리가 늦었지만 그래도 다부진 모습을 보여줘서 좀 안심이었다.

"네, 네? 어디시라고요? 아아, 네. 아니요, 오늘 정상 진행합니다. 네네, 자세한 건 발표회장에서 들으시면 될 거예요. 네."

무슨 5분마다 한 번씩 울리는 전화를 차분하게 받고 있는 김미연은 대기업을 다녔던 스펙이 있었다.

왜 그만뒀냐고 한정연이 넌지시 물어봤는데 상사의 잦은 성추행과 동료들의 시기 질투가 너무 질려서 그만뒀다는 얘기를 해줬다. 더럽지만 흔히 있는 일이라 지영은 그냥 고개를 끄덕이고 말았다.

그 옆에서 서류를 넘기는 작은 체구의 여직원 오선정은 김미연과 같이 똑같은 스물아홉 살 동갑내기였고, IT 계열에 있다가 이쪽으로 넘어왔다. 업종이 너무 다르지만 이제 신생 레이블이라 크게 할 일이 없이 일처리 속도 하나만 보고 그녀를 뽑았다. 물론 두 사람 다 인성은 나쁘지 않았다.

둘은 동갑이지만 서로 완전히 다른 스타일이었다.

오선정은 일이 넘쳐나는 IT 계열에 있었던 전적답게 업무 처리 속도가 굉장히 빨랐다. 보통 1시간 걸릴 일은 30분 정도면 뚝딱 끝냈다. 물론 그 안에 수정해야 할 것들이 좀 있지만 그걸 고쳐도 20분은 단축했다.

김미연은 그런 오선정과 정반대였다.

그녀는 한 치의 빈틈도 용납하지 않는, 완벽주의자 스타일이었다. 그래서 다소 시간이 걸리긴 하지만 그건 꼼꼼한 재검토 때문이었다. 어쨌든 그렇게 둘의 스타일은 달랐다.

지잉.

문이 열리고 훤칠한 키를 가진 한 여인이 들어왔다. 김지혜였다. 일주일 뒤 연락이 온 그녀를 지영은 부뚜막의 제의를 받아들였다. 그들은 내부의 위험을, 지영은 외부의 위험을 서로 감시하는 다소 불편한 관계이긴 하지만 어쨌든 그건 분명 전략적으로 나쁘지 않았다. 물론 그녀를 고용하는 건 쉽지 않았다.

일단, 반발을 죽여야 했다.

특히 한정연과 이성은 서소정의 빈자리를 절실하게 느끼고 있는 중이있다. 모든 일처리를 그녀가 도맡아했었으니 당연한 결과였다. 그러다 보니 벅찼고, 자연스럽게 서소정이 떠올랐다.

또한 여자들의 의리 때문에 그녀들이 김지혜를 바로 받아들이기엔 무리가 있었다. 그럼에도, 지영은 강행했다. 처음으로 두 사람이 지영에게 불만을 표시했지만 지영은 자신의 '안전'을 위해 어쩔 수 없는 선택이라고 했다.

그래서 그녀를 정부의 '요원'이라고 슬쩍 귀뜸을 해줬다. 물론 거짓말이었지만 둘은 그걸 믿었다. 그리고 얼마 안 가 김지혜는 직원 전체와 친해졌다. 일처리는 말할 것도 없고, 일단 싹싹했다.

지영의 전담 매니저가 됐다고 으스대지도 않았고, 오히려 알뜰살뜰하게 챙기는 모습을 꾸준히 보이니 마음을 안 열 수가 없었다.

"정연 씨, 언제 준비가 끝날까요? 류 측에서 예정 시간보다 삼십 분만 일찍 와달라는 연락이 왔어요."

"그래요? 음, 알았어요. 빨리 세팅할게요."

평소에는 말을 편하게 하지만 이렇게 일 적인 일에는 서로 존칭을 사용하기로 했다. 그래야 혹시 모를 불편한 상황을 예방할 수 있다는 김지혜의 의견 때문이었다.

'확실히 능력 하나는 장난이 아냐.'

인정할 건 인정해야 했다.

지영이 본 김지혜는 솔직히 능력 면에선 서소정보다도 뛰어났다. 일처리 속도, 사람을 대하는 것은 물론 거의 모든 면에서 그녀가 압도적으로 서소정보단 위였다. 물론, 인간미로 서소정이 그 모든 걸 뒤엎어 버렸지만 말이다. 이후 지영은 이성은에게 메이크업을 받고, 한정연이 최종적으로 고른 의상으로 갈아입었다.

네이비색 슬랙스에 지영이 평소 즐겨 입는 흰 셔츠, 그리고 네이비 컬러의 코트였다. 연기 때 빼고는 화려한 의상을 좋아하진 않아 지영이 보기에 여태 한정연이 고심했던 의상들이 뭐 그리 큰 차이가 있나 생각도 들지만, 전문가의 시선과 비전문가의 시선은 다르니 잠자코 있었다.

"자, 끝!"

"고마워요."

헤어까지 전부 손본 다음 이성은이 손뼉을 짝 치자, 지영은 자리에서 바로 일어났다. 김지혜가 부탁했던 대로 30분쯤 단축하고 준비해 놓은 박스를 챙겨 바로 오늘 발표회가 있을 대성 호텔로 출발했다.

호텔 지하 주차장으로 차가 들어서고, VIP 구역에서 지영이 내리자 유니폼을 입은 대성호텔 직원들이 다가왔다. 지영은 그들을 잠시 보다가, 머리를 흔들었다. 이들이 무슨 죄가 있나, 김은채 그 독사 같은 게 잘못이지.

'하필 여길 골라서는……'

웃기게도 류승현 감독이 가장 많은 제작 투자를 받은 곳이 바로 대성그룹 계열 투자 회사였다. 그들은 전체 영화 제작 비용의 반 이상이 넘는 금액을 투자했고, 그 대신 제작 발표회 등 모든 스케줄을 대성그룹에서 해줄 것을 부탁했다.

딱히 그들 형제는 대성그룹과 악감정이 없었기에 계약을 체결했다. 제작 자체에는 관여하지 않겠다고 말했던 지영이라 이러한 사실을 너무 늦게 알았고, 알고 나서는 뭘 어떻게 할 수 있는 방법이 없었다.

대성그룹이랑 사이 안 좋으니 계약 깨라, 이런 식으로 말하는 건 참 멍청한 짓이니 말이다.

"어서 오세요. 반갑습니다. 저희 대성호텔을 찾아주셔서 정말 감사합니다."

여직원 둘이 공손하게 손을 배에 대고 마치 스튜어디스처럼 반기는 인사에 지영은 가볍게 고개를 숙이고는 직원들의 안내를 받아 승강기에 올라탔다. 승강기는 단숨에 스카이라운지까지 올라갔다.

아직 대기 시간이 있으니 그쪽에서 먼저 기다리고 있을 예정 같았다. 문이 열리자 이번에도 직원들이 기다리고 있었다.

이번엔 나이가 지긋한 중년의 매니저였다.

"혹시, 이 스케줄 누가 잡았는지 알아요?"

지영은 그 매니저를 잠시 보다가 김지혜에게 슬쩍 물었다. 그러자 바로 귀를 손으로 가리고 슬쩍 귓속말을 해줬다.

"대성호텔 실질적 오너예요."

"…김은채?"

"아니요. 그랬다면 제가 커트했겠죠. 그리고 이 미팅은 제가 아닌 류 측에서 잡은 미팅입니다. 영화에 대한 얘기가 주로 오 갈 거라는 얘기를 들었어요."

"일단… 알겠습니다."

지영은 대성그룹이 자신이 찍을 예정인 영화에 투자를 하고, 제작 발표회를 이곳으로 잡은 게 우연이라고 생각하지 않았다.

'하지만 당신도 알겠지. 아마… 나와 김은채의 관계부터 파 볼 생각인가 봐?'

지영은 옆에 있는 능력 좋은 매니저의 생각이 대충은 이해 갔다. 하지만 서로 이해관계가 있으니, 지영은 일단 감수하기로 했다.

중년 매니저의 안내에 따라 라운지 안쪽으로 깊게 들어가자 몇 개의 룸이 나왔다. 아마 특별한 대화를 나누는 곳 같았다. 정중한 노크, 이후 안에서 중후한 대답이 들려왔다.

"들어와요."

그 대답 이후 매니저가 문을 열었고, 지영은 안으로 들어갔 다. 안에는 류승현과 류승연이 있었다.

그리고 그 건너편엔 반백의 사내가 있었는데 지영은 그 사내를 보자마자 피식 웃음을 흘려 버리고 말았다.

"……."

"……."

분위기가 순식간에 싸늘하게 굳었다.

하지만 웃은 이유는 그 반백의 사내 때문이 아니었다. 지영의 시선이 고정되어 있는 곳엔 단정하게 차려입은 지영 또래의 여인이 있었다. 그 여인 때문이었다.

'역시 김은채. 이거 니 작품이구나?'

웬 미팅인가 싶었다.

지영은 김지혜를 돌아본 다음 작게 말했다.

"이런 식이면 재미없어요."

"제가 잡은 약속은 아닙니다."

"됐고, 누나들이랑 가서 같이 있어요."

"…네."

김지혜를 보내고 지영은 들어와서 앉았다. 앉은 다음 바로 김은채의 옆에 앉아 있는 사람에게 고개를 숙였다.

"무례를 사과드립니다. 예상치 못한 사람이 있어서 좀 놀랐네요."

"흠… 대성호텔 부사장 김광조요."

"배우 강지영입니다."

지영의 사과에 김광조의 얼굴에서 천천히 불쾌한 감정이 씻겨 나갔다. 확실히 사업하는 사람이라 그런지 감정 컨트롤이 빨랐다.

"오는 데 불편함은 없었소?"

"네, 편하게 왔습니다."

말투는 전형적인 옛날 어른들의 말투였다.

그래서 좀 이질감이 있었지만, 거북할 정도는 아니었다. 지영은 이어서 그 옆에 앉아 있는 김은채에게 시선을 뒀다.

"오랜만입니다?"

"친구끼리 말 편히 하지?"

피식.

대답이 가관이었다.

단정히 앉아는 있는데 말투는 그대로였다. 저 주둥이는 진짜 어떻게 안 되는 것 같았다.

"뭘 친구까지나. 웬수면 웬수였지."

지영의 대답에 김은채는 깔깔 웃었다.

불편한 자리였다.

"저희가 있으면 자리가 엉망이 될 텐데, 괜찮겠습니까?"

지영은 김광조에게 대놓고 물었다.

그도 분명 용건이 있으니 이 자리에 있을 게 분명했기 때문이다. 그런 지영의 말에 김은채가 삼촌, 하고 작게 부르자 그는 한숨과 함께 고개를 절레절레 젓더니 이내 그러라는 답을 내줬다.

지영은 일어나기 전에 류승현과 류승연에게 사과를 했다.

"죄송합니다. 워낙에 악연이라."

"하하, 우린 신경 쓰지 말고 가서 대화 나누세요."

"네, 정말 죄송합니다."

무례는 무례인지라 지영은 그렇게 거듭 사과하고는 밖으로 나왔다. 김은채는 바로 옆 룸으로 들어갔다.

룸 안을 본 지영은 이미 김은채가 이 자리를 준비했다는 걸 확실하게 알 수 있었다. 담배와 향수, 그리고 와인까지.

물론 지영을 위한 건 아니었다.

치익.

"후우, 한 대 피워."

"……"

"저 탈취제가 향 하나는 기가 막히게 잡으니까 걱정 말고 피워."

뭘 걱정까지나.

지영은 그냥 말없이 담배를 꺼내 물었다.

"후우."

아무 말도 없이 담배를 피워대니 연기만 모락모락 피어올랐지만 곧 천장의 배출구로 곧바로 빨려 들어갔다. 담배를 비벼 끈 김은채는 능숙하게 와인을 따 잔에 따랐다. 지영도 김은채도 아직은 19살이다. 그런데도 술을 마시는 데 전혀 거리낌이 없었다. 지영이야 그 지옥에서 받은 스트레스 때문에 그저 억눌러 놓았던 것을 풀어버리면서 술을 다시 마시기 시작했지만 김은채는 뭐… 말 안 해도 알만했다.

영화나 드라마에 나올 법한 전형적인 재벌 3세.

그게 딱 김은채다.

"마실래?"

"됐고. 용건이나 얘기하지? 시간 얼마 없어."

"풀메 다 하고 왔으면서 뭘? 더 준비할 것도 없잖아?"

피식.

역시 사람 짜증나게 하는 데는 도가 튼 여자다.

지영은 문득 궁금해졌다.

이 여자가 왜 또 자신을 자극할까? 어차피 이렇게 단둘이서는 자신을 감당할 수도 없으면서 말이다.

"용건."

"그냥… 불러봤달까?"

"용건."

"하고 싶은 말도 있고… 경고도 좀 해주고 싶고. 뭐 겸사겸사 불렀어. 그 눈깔부터 풀어, 그러니까."

"경고?"

하고 싶은 말은 들어줄 필요 없지만, 경고는 뭔지 좀 궁금해졌다. 와인을 한 모금 마신 김은채가 비틀린 미소를 그린 채 천천히 말을 이었다.

"은재 찾았지?"

"……."

지영은 그 말에 심장이 덜컥이는 느낌을 받았다. 하지만 표정은 싸늘하게 굳어갔다. 어떻게 알았지? 의문이 있지만 지금 중요한 건 그녀가 알았다는 사실 자체가 중요했다. 지영의 눈빛을 본 김은채가 씩 웃더니 말을 이었다.

"나야, 나, 김은채. 그 먼 곳까지 은재를 빼돌렸어. 겨우, 정말 겨우 말이야. 그런데… 내가 대비를 안 해놨을 것 같아?"

지영은 그 말을 듣는 순간 바로 알 수 있었다.

'은재를 근접 경호하는 팀 말고, 추적을 감시하는 팀이 더 있구나.'

그것도 하나가 아닐지도 몰랐다.

"우리 쪽 사람이었으면 경호 팀이 알아봤을 텐데, 아니라고 하더라고. 그럼 누굴까? 누가 그 나라 사람들을 고용해 은재의 뒤를 쫓고 있을까? 열심히 생각해 봤지. 그런데 그 쌍년이 아니면 은재를 찾을 사람은 역시 한 명밖에 떠오르지 않았어."

"…너 뭐냐?"

지영은 지금 굉장히 중요한 단어를 들었다는 생각이 들었다. 김은채의 표정은 날카로웠다. 비릿했던 미소는 어느새 사라졌다. 칼을 간 것 같은, 예리하게 잘 벼려진 칼날에서 풍기는 예기까지 느껴지는 것 같았다.

얽히고설켜 있는 유은재와 김은채의 관계.

아무리 생각해도 평범한 관계는 아니었기 때문에 항상 의문이 들었었다. 지영은 그 의문을 풀 수 있는 단서를 어쩌면 오늘 찾을 수 있을 것 같단 예감이 들었다.

"너 맞지? 아니, 너밖에 없어. 네 말대로 지옥이었던 곳에서 살아 나오는 건 쉽지 않겠지. 과정 또한 평범치 않았을 거고, 국제적인 조직도 어쩌면 알겠지. 소설 같지만, 네가 살아온 것 자체가 더 소설이니까. 제대로 소설을 써봤어. 그러다 보니까 말이 되더라고. 내가 널 찾아간 날 너무나 태평하던 네 모습을 떠올리니까, 딱 감이 오더라고."

"……."

그래, 심성과는 별개로 김은채도 진짜 대단한 여자라는 걸 인정해야 했다. 물론 완벽하게 맞춘 건 아니지만 그것만으로 유추해 내고, 자신을 불러내서 자연스럽게 떠보는 것까지 전부 완벽했다.

"생각보다 머리는 제법 굴릴 줄 아네? 이번 건 인정. 괜찮았어."

"역시, 후우. 아, 짜증나……."

김은채는 다 피운 담배를 비벼 끄고, 다시 담배를 물었다. 연속으로 세 개째, 진짜 상당한 꼴초였다.

"쌍년은 누구지?"

"있어, 그런 쌍년이."

"대기업 오너 일가의 더러운 가족 관계인가?"

"그런 셈이지."

어떤 건지 예상이 간다.

지영은 김은채의 이 모든 행동에 대해, 그 옛날부터 김은채가 은재에게 해왔던 일련의 행동, 대우들이 어쩌면… '연기'일지도 모른다는 예상이 조금씩 들기 시작했다.

'쌍년. 김은채가 그렇게 부를 만한 사람은… 어쩌면 한 명뿐이지.'

김은채의 가족 관계도는 이미 파악하고 있었다.

김은채는 독녀다.

아니, 독녀였다.

지금은 김은채보다 훨씬 어린 동생이 생겼다.

5년 전에는 안 그랬었다.

그런데 돌아와 보니 그렇게 되어 있었다.

'이게 뜻하는 건 하나지. 재혼.'

김조양은 재혼했다.

시기는 아마도 김은채가 초등학교 시절, 그것도 저학년 때일 거라고 봤다. 거기서부터 다시 소설을 쓰기 시작하면 모든 게 들어맞는다.

"하나만 묻자."

"해."

"자신 있어?"

"......."

자신이라……. 진짜 엄청 많은 의미를 담고 있는 질문이었다. 지영은 듣는 순간 여러 가지 측면으로 해석해 봤고, 어떤 자신인지 깨달았다. 하지만 대답 전에 지영은 먼저 물었다.

"나도 하나만 묻자."

"해."

"위험도는?"

"내가 왜 은재를 지구 반대편까지 보냈을까?"

씨익.

웃는 김은채의 눈빛이 잘게 떨렸다.

그 떨림은 오래가지 않았지만 지영은 거짓말처럼 포착했고, 어이가 없음에 결국 '하아…' 하고 긴 한숨을 흘렸다. 지영이 옛날에 김은채에 대한 얘기와 은재에 대한 얘기를 강상만에게 들었을 때, 이런 생각을 한 적이 있다.

'현실은 언제나… 영화나 드라마보다 추악하지.'

권력 다툼은 상고시대부터 이어져 왔다.

특히 가진 게 많으면 많을수록, 그 다툼은 점차 추악함의 농도가 짙었다. 대성그룹이 딱 그 짝이었다.

'차기 총수의 독녀였지만, 이제는 동생이 생겼지.'

그것도 하필 남동생이다.

이렇게 되면 그 남동생이 권력을 잡는 데 가장 걸림돌이 되는 건 누굴까?

'장녀 김은채겠지. 그리고 사생아인 은재도 마찬가지고.'

모든 상황이 담긴 그림이 지영의 머릿속에서 명료하게 그려졌다. 그런데 그 그림은 오물로 그린 것처럼 악취가 가득 풍겼다. 정말 모든 상황을 떠올리는 것만으로도 구역질이 날 것 같았다.

"아까 한다는 경고는?"

"후우……"

벌써 다섯 개째 담배를 피우고 있던 김은채가 입술을 살짝 깨물며, 대답했다.

"자신 없으면 그냥, 그냥… 거기 있게 둬."

"……."

저기서 빠진 주어는 은재를 지킬, 이라는 문장일 것이다.

"후우……."

그 말을 끝으로 담배를 재떨이에 비벼 끈 김은채가 남은 와인을 마시고는 자리에서 일어났다. 백을 챙겨 나가는 막 룸을 나서기 전, 지영은 질문 하나를 더 던져야 했다.

"독해져야… 했던 거냐?"

"……."

김은채는 그 질문에 잠시 멈춰 섰으나, 이내 대답하지 않고 그대로 나갔다. 그녀가 나가고 지영은 지끈거리는 머리를 털며 의자에 기댔다. 더럽고 추악한 향에 머리가 어질어질 했다. 제작 발표회고 뭐고, 다 때려치우고 머리를 좀 정리하고 싶었다.

"씨발……."

하지만 그럴 수 없는 걸 알기에 지영은 자리에서 일어났다. 복잡한 건 복잡한 거고, 일단 눈앞에 닥친 제작 발표회부터 무사히 마치는 게 먼저였다.

다시 메이크업을 수정하고, 머리를 정리하다 보니 벌써 시간이 다 됐다. 하지만 감정이 아직 정리가 되지 않은 상태에서 지영은 단상에 올랐다.

촤라라라락.

카메라 불빛 터지는 소리가 귓속을 파고들면서 지영의 심기를 건드리기 시작했다.

'저 안에 혹시… 아니, 아니야. 다 점검했다고 했잖아.'

감정이 정리가 안 되니 별 이상한 생각까지 들었다. 하지만 지영은 이미 임순철에게 발표회에 참석하는 모든 언론 기자들의 신원과 카메라, 노트북을 사전 점검했다고 전해줬다. 그러니 이 공간에 불순한 의도를 가진 사람은 없을 것이다.

"자, 그럼, '테러리스트' 제작 발표회를 시작하겠습니다!"

사회자의 시작 멘트와 동시에 배우들과 감독은 자리에 앉았다. 자리 배치는 정면에서 기자들이 봤을 때 가장 왼쪽에 류승현 감독이, 그 옆에 류승연, 그리고 지영, 지영의 옆으로 극중 류승연의 아내로 나올 40대의 여배우 임수민이 앉았다. 임수민의 옆에는 두 사람의 딸로 나올 지영 또래의 여배우 한사랑이 앉았다. 마지막으론 조연배우계의 황제라 불리는 유해준이 앉았다.

배우들의 면면을 보면 정말 초호화 캐스팅이었다. 지영은 뭐말할 것도 없고, 다른 배우들도 전부 억 소리 나는 몸값을 자랑하는 배우들이었다. 특히 한사랑은 현직 걸 그룹 멤버이기도 한데, 중국은 물론 일본까지 접수한 그룹의 비주얼을 담당하는 배우였다. 그런데 연기도 엄청나서 벌써부터 충무로에 티켓 파워를 자랑하는 여배우가 됐다.

그래서 캐스팅비가 엄청나게 나왔지만 강지영이란 이름 덕분에 투자금은 차다 못해 넘쳐서 크게 문제될 건 없었다.

발표회가 시작됐다.

'옛날이나 지금이나 이건 별로 변한 게 없구나.'

기자들이 질문하고, 당사자는 대답하고, 정말 특별할 것 없는 수순이었다. 하지만 대중에게 '테러리스트'란 영화가 제작된다. 감독은 누구고, 배우는 누구다. 내용은 대충 이러이러하다. 그러니 분명 재밌을 거고, 재밌으니 개봉하면 꼭 보러 와라. 이런 메시지를 간접적으로 던지는 것이기 때문에 안 할 수도 없었다.

　한 기자가 류승현 감독에게 이런 질문을 던졌다.

　"강지영 씨가 직접 시나리오를 들고 찾아왔단 소리가 있던데, 정말입니까?"

　어디서 샜을까?

　아니, 이런 건 샌 게 아니라 화제를 만들기 위해서 의도적으로 슬쩍 흘려준 것이다. 강지영이 직접? 도대체 어떤 내용이기에 강지영이 직접? 이런 감정을 심어주는 게 목적일 것이다. 류승현 감독이 내려놓았던 마이크를 다시 들었다.

　"네, 몇 달 전에 승연이랑 둘이 만나서 커피 한잔하고 있는데 회사에서 연락이 오더군요. 강지영의 개인 소속사에서 연락이 왔다. 작품 얘기 때문인 것 같다. 만나고 싶어 한다. 이런 연락이었습니다. 그래서 뭐, 볼 것 있습니까? 그날 바로 만났습니다, 하하."

　"그 자리에서 바로 '테러리스트' 시나리오를 받았습니까?"

　"네, 서로 통성명을 하자마자 바로 주더군요. 하하, 재밌었습니다. 제목은 분명 센데, 그 안에 담긴 감정들은 굉장히 드라마틱하고, 섬세했습니다. 어떠한 메시지가 있었지만 그걸 배우들이 얼마나 표현할 수 있을까 읽는 순간 걱정이 들었을 만큼, 디테일하고 복잡했습니다. 결정은 그 자리서 내렸습니다. 이거, 내가 해야겠다. 누구도 못 주겠다, 하하하."

답이 됐습니까? 하고 되물은 다음 류승현 감독은 마이크를 내려놓았다. 다음 질문은 류승연에게 향했다.

"오랜만에 작품입니다. 기분이 어떻습니까?"

지영은 흘끔, 류승연을 봤다.

그의 오늘 콘셉트는 나른한 양아치인가 보다.

'햇볕에 누워 한가로이 시간을 날리는……'

근데 그게 진짜 기가 막히게 잘 어울렸다.

아마 대한민국 영화 역사상, 그처럼 양아치에 잘 어울리는 배우는 더 이상은 나오기 힘들지도 모른다는 생각이 들 정도였다.

마이크를 든 류승연의 입이 천천히 열렸다.

"그냥 뭐, 좋아요."

"아하하, 그게 전붑니까?"

"뭐가 더 있어야 합니까?"

"하하, 아닙니다."

류승연의 이런 태도야 뭐 너무 유명해서 기자들도 그냥 피식피식 웃기만 할 뿐, 그리 기분 나쁜 표정들이 아니었다.

타타타탁, 촤라라락.

노트북 타자치는 소리와 함께 카메라 터지는 소리가 잠시간 발표회장을 매웠다.

지영은 물을 한 모금 마셨다.

"끄응……."

그런데 옆에서 끙끙 앓는 소리가 들리기에 봤더니 한사랑이 물병의 마개를 못 따면서 내는 소리였다. 지영은 상체를 옆으로 숙이면서 손을 뻗었다.

"주세요."

"아… 감사합니다."

"별말씀을."

마개를 간단하게 따서 다시 돌려준 지영은 정면을 바라봤다. 기자들이 둘을 빤히 번갈아 바라보는 게 보였다. 그 모습에 피식 웃은 지영은 마이크를 들었다.

"저희 오늘 처음 봤습니다. 상상은 상상에서 끝내주시길 부탁드릴게요."

"아하하……."

지영이 먼저 선수를 치자 기자들이 난감한 웃음을 흘렸다. 다음 질문은 유해준에게 몰렸다. 최근 늦은 결혼을 한지라 그에게는 작품에 대한 질문보다는 결혼 생활에 대한 질문이 더 많았다. 하지만 베테랑 중에 베테랑 배우인지라 그저 허허 웃으면서 질문에 성실히 답변했다. 그다음은 임수민이었지만 무난하게 차례가 끝났다.

한사랑.

"강지영 씨를 처음 보니 소감이 어떻습니까?"

대놓고 훅 들어온 카운터 펀치에 한사랑이 볼이 빨갛게 물

들었다. 이어서 그녀는 지영을 힐끔 보더니 고개를 푹 숙였다.

　월척, 대어가 낚였다!

　파바바바박!

　기자들이 치는 타자가 무슨, 손가락이 안 보일 정도였다. 아직 지영 정도는 아니지만 국내는 물론 아시아권에서 엄청난 인기를 자랑하는 '사피르(Saphir)'의 한사랑이 이런 모습을 보이는 건 웬만해서는 드물기에 얼른 데스크에 보내기 위함이었다.

　피식.

　하지만 지영은 그냥 웃고 말았다.

　한사랑.

　'내숭은……'

　대기실에서 잠시 인사를 나눴던 한사랑은 도도했다. 애초에 성격이 그런 여자라 지금 저 모습은 100% 연기일 것이라 지영은 생각했다. 하지만 본인 스스로가 이미지를 그렇게 만드는 거니 이 부분은 지영이 나서 해명하는 것도 웃기는 일이었다.

　"첫인상은 어땠습니까?"

　이어진 질문에도 한사랑은 그냥 고개만 푹 숙이고 우물쭈물했다. 그녀의 실제 성격을 모르는 사람들이나 저 모습이 사랑스럽지, 알고 있는 몇몇은 그냥 피식피식 웃음만 흘리고 말았다. 실제로 영화에 나쁜 영향을 끼치는 것도 아니었다. 저런 모습 하나가 기사가 되고, 그 기사가 영화에 긍정적인 영향을 미칠 테니 말이다.

　한참이나 한사랑에게 속아 질문을 던지던 기자들이 슬슬 지영을 돌아보기 시작했다. 눈빛이 반짝반짝, 아주 빛이 나는 것 같았다. 하긴, 그럴 만도 했다. 오랜만이다 못해 거의 5년을 넘기고 나서야 다시 공식 석상에 섰다.

하고 싶은 질문도 진짜 수십, 수백 가지일 것이다. 사실 임순철은 오늘 자리에 대해 좀 부정적이었다. 하지만 지영이 강행했다.

'각오는 충분히 되어 있었어. 아까까지만 해도⋯ 말이지.'

감기 기운이 있어 컨디션이 조금 안 좋았던 상황에 김은채와의 대화는 지영의 날을 제대로 세워 버렸다.

지영은 자세를 바로 하면서 생각했다.

부디, 민감하다 못해 무례한 질문은 하지 말아주기를.

첫 질문은 무난했다.

"큼큼, 소감이 어떠십니까?"

부담스러웠는지 극존대로 나온 질문이었다.

지영은 잠시 생각했다.

지금 자신의 기분이 어떤지.

원래는 좋았어야 했는데, 지금은 좋지도 나쁘지도 않았다. 그저 예민해져 있는 상태였다. 하지만 그걸 여기서 말할 수는 없었다. 그렇다면 대답은 적당히 꾸며주는 게 좋았다.

"좋습니다. 감기 기운이 좀 있긴 한데 그게 오랜만에 이런 자리에 서게 되어 기쁜 제 기분을 해칠 정도는 아니네요. 아, 그리고 질문 편히 하셔도 됩니다. 제가 이래 보여도⋯ 아직 미성년입니다."

"아하하……."

기자들의 얼굴에 이번에도 난처함이 어렸다.

강지영.

옛날부터 이상하게 대하기 힘들었던 배우다.

고작 초등학생 때도 그랬는데, 지금은 180이 넘는 사내가 되었다. 게다가 머리 스타일도 류승연처럼 제멋대로 자란 걸 정리만 해놓은 상태라 분위기 자체에서 야성미가 넘쳐흘렀다. 그래서 솔직히 기자들은 어려웠다.

그것뿐인가?

지영 때문에 '회사원'들이 찾아갔을 정도로 정부 자체에서 주의 깊게 보호하는 배우였다. 질문 하나 잘못했다간 그대로 사직서를 강제 제출 하게 될 것 같단 느낌들을 모든 기자들이 받은 상태였다.

옛날에는 그래도 언론계가 정부와 밀당을 하긴 했었다. 심지어 파워 게임을 벌인 적도 있었다. 그러나 지금은? 그랬다간… 작살난다. 시대가 변했고, 기자들은 기자 본연의 임무를 수행해야 하는 시대가 되었다.

"여기 극본가 임수연 씨는 지영 씨의 지인입니까? 이쪽에서는 처음 듣는 이름이라 말입니다."

두 번째 질문은 당연히 할 수 있는 질문이었다.

"아닙니다. '테러리스트'는 회사에 들어온 시나리오 중에 있었습니다. 임수연 씨는 제가 이걸 찍어야겠다고 마음먹은 뒤에 만났습니다. 그 전에는 일면식도 없었습니다."

"그럼 시나리오의 어느 점에 끌렸습니까?"

"음… 어떤 점이라."

광기에 찬 그 개자식들의 위치에 서보고 싶었단 말을 할 수는 없었다. 이해하고 싶어서? 그런 마음은 아니었다. 그저 알려줄 뿐이었다. 지영은 본 그놈들은 그저 광기에 젖어 이성, 목적을 상실한 기계 같은 테러리스트였다.

테러를 일으키지 않으면 그동안 종교, 정치적 목적을 위해 저질렀딘 수많은 테러가 무용지물이 되니, 어떻게든 이유를 소설처럼 짜내서 테러를 일으키는 명령된 프로그램에 의해 움직이는 기계들 같은, 딱 그런 놈들이었다.

애초에 정통 IS도 아니었다.

'분파 정도 되려나? 아니, 분파도 아냐. 그저… 닮고 싶었던 모방범들.'

그렇기에 기계다.

이념을 잃은 종교 단체는 그저 광신 집단에 지나지 않는다.

지영은 그래서 이 영화를 찍고 싶었다.

찍어서 전 세계에 알리고 싶었다.

이 시대의 테러리스트들은 목적과 동기를 상실한 기계라고.

따라서…….

"테러리스트들은 살려둘 가치가 없는 자들이라는 것을, 전 세계에 알리고 싶었습니다."

"억……."

"……."

"……."

전혀 예상치도 못한 지영의 대답에 기자들은 물론 단상 위에 있던 배우와 감독까지 전부 깜짝 놀라 지영을 바라봤다. 지영은 모든 이들의 시선을 받으면서도 담담했다. 아니, 그 개자식들에게 서소정을 잃은 게 생각나 슬그머니 분노가 머리를 치켜들고는 꾸물거렸다.

"왜, 미친 짓 같아요?"

지영이 웃자 정적은 더욱 더 싸늘해졌다.

피식.

기자들은 저러면서도 아마 지금 '대박, 대박 기사거리다!' 하고 머릿속에 환호를 지르고 있을 것이다.

그런 기자들을 보며 지영은 그냥 웃었다.

사실 이 부분은 임수연의 시나리오에 없던 부분이었다. 테러를 겪지 않은 일반인인 그녀가 이런 감정을 '세계'에 담긴 불가능했다. 그래서 지영이 4일간의 회의 때 따로 의견을 제시했고, 임수연은 아주 멋지게 지영이 원한 감정을 담아줬다.

"꽤… 위험한 발언이 아닌가 싶습니다만……."

연륜이 꽤 있어 보이는 기자가 그렇게 말하자, 지영은 싱그러운 미소를 입가에 그렸다. 위험하다고? 그래, 위험하긴 하다.

하지만…….

"그게 무서웠다면 이 자리에 나오지도 않았을 겁니다. 그냥 집에 틀어박혀 평생을 숨어 살았을 겁니다. 하지만 저는 이 자리에 섰습니다. 그래서 표현할 겁니다."

"……."

"그들에게 명분 따위는 없다고. 그저 사이코패스처럼 사람을 죽이는 광신도 집단이라고. 종교, 정치? 국제 사회의 흐름? 다 개소립니다."

"……."

"내가 만약 미합중국의 대통령이었다면… 반군 기지 모든 곳에 미사일을 퍼부었을 겁니다."

"……."

"그런데 그들은 그러지 않죠. 왜… 그냥 내버려 두는지, 참 이해를 못 하겠어요."

"……."

"그게 지들한테 무슨 도움이 된다고 참 나……. 그죠?"

뜨악…….

지영의 발언에 모두가 입을 쩍 벌렸다.

그렇게, 지영은 대놓고 벌집을 쑤셔 버렸다.

윙! 우웅! 쑤신 벌집에서 말벌들의 날갯짓 소리가 들리는 것 같은 환청이 들렸을 때, 위험한 발언을 언급했던 기자가 다시 입을 열었다.

"혹시… 그날의 사고가 국제 사회의 어떤 정치적인 이유 때문에 벌어졌다고 생각하는 겁니까?"

"아니요. 지금 말은 그저 제 머릿속에서 나온 음모론일 뿐이죠."

"……."

기자는 침묵했고, 지영은 웃었다.

그러나 입가에 걸린 미소는 너무나 비틀려 있었다.

음모론으로 생각하느냐고?

'설마, 그럴 리가……'

하이재킹 과정, 하이재킹 후 대처 과정, 그리고 이 뒤에 대응 과정 등 생각해 보면 절대로 평범하지 않았다. 테러에는 전 세계에서 가장 민감한 나라가 미국이다. 당연히 역사상 최악의 테러로 불리는 나인원원 사건 때문이었다.

그 이후 미국은 테러에 대한 모든 방어, 대비 매뉴얼을 수정, 연구, 구축했다.

'그런데도……'

못 막고, 못 찾았다?

있을 수 없는 일이었다.

심지어 그 해에 대규모 테러까지 있었는데 말이다.

그래서 지영은 좀 전에 음모론이라고 말했지만 스스로는 절대 음모론이라고 생각하지 않았다. 단지 물증만 없을 뿐…… 심증은 이미 확고하게 굳혀놓은 상태였다.

분위기가 착 가라앉으니 난감해진 사회자가 얼른 화제를 돌리려고 이런저런, 좀 전 질답과 상관없는 멘트를 쏟아냈다.

큭큭 웃던 류승연이 지영의 어깨를 툭툭 쳤다.

"왜요?"

"아니, 기분 풀라고. 너 눈빛 지금 장난 아니다."

"그래요?"

"그래, 봐봐."

슥, 미는 손거울을 받아 확인해 보니 확실히 그랬다.

독기를 잔뜩 품은 정도는 아닌데, 사람 하나는 웃으면서 죽일 것 같은, 복수할 때의 눈빛과 비슷했다.

'후우……'

원래라면 이러지는 않았겠지만 컨디션 난조에 은재와 김은채에 대한 얘기가 겹치면서 신경이 너무 날카로워져 있었다.

"진정 좀 해야겠네요."

"적당히 하자. 싸우러 온 거 아니니까."

"네."

이번엔 확실히 자신이 심했다고 생각했다.

후… 우, 후… 우.

그렇게 몇 번 심호흡을 하자 좀 진정이 되는 것 같았다. 이후에 지영에게 질문하는 기자는 없었다. 1시간 정도가 지나고 발표회가 끝났다. 어째 중2병 걸린 애처럼 군 것 같아 속이 좀 뜨끔해진 지영은 포토타임을 다시 한번 가지고 대기실로 돌아왔다. 대기실에 먼저 와 있던 지영의 팀이 빤히 바라보는 시선이 느껴졌다.

"왜요?"

"아니, 아무것도……."

한정연은 그렇게 대답하고 고개를 슬쩍 돌렸다. 아무래도 좀 조심하는 기분이 느껴져 지영은 에휴, 한숨을 내쉬었다.

"인사하고 올 테니까 갈 준비해 줘요."

"바로 집으로?"

"회식합시다."

"회식!"

이성은의 눈이 반짝였다.

회식하면 가장 좋아하는 그녀였다.

"회사에 있는 두 사람한테도 연락해 주고요. 거리 멀면 택시 타고 오라고 하세요. 경비로 처리해 준다고."

"오키!"

지영은 다시 밖으로 나가 배우들이 있는 대기실을 찾아다녔다. 임수민, 한사랑의 대기실… 그리고 유해준 대기실에 들어갔다.

"이, 강 배우. 고생했어."

"선배님, 죄송합니다. 제가 너무 애처럼 굴었네요."

"죄송은 무슨. 강 배우 사정 다 아는데."

가까이 다가온 유해준이 지영의 어깨를 두들겼다. 워낙에 성품이 좋고, 분위기가 따뜻한 배우라 그런지 가슴이 차분하게 가라앉았다.

"그런 일 당하면 누구라도 그럴 거야. 당연히 드는 그런 생각이지. 그러니 걱정 마. 여기서 아무도 강 배우에 대해서 뭐라고 안 하니까."

"감사합니다."

"감사는 무슨? 감사야 내가 감사하지. 이렇게 돌아와서 같이 작품을 할 영광을 줬잖아?"

"하하⋯⋯."

"그리고 조장철이 역에 나 추천해 줬다며?"

"네, 선배님이 잘 어울릴 것 같다고 극작가가 그랬고, 저도 같은 생각이었거든요."

"안 그래도 진지한 배역 한번 하고 싶었는데 나야 다행이지, 하하."

"촬영 때 잘 부탁드릴게요. 아, 맞다. 저희 저녁 먹으러 갈 건데 같이 가실래요?"

"으음⋯⋯."

잠시 생각하던 유해준은 이내 미안한 표정을 지었다.

"가고 싶은데, 너무 가고 싶은데 마누라가 기다리네, 이거? 아쉽지만 다음에 하자, 하하."

"네, 다음에 연락주세요. 오늘 너무 죄송했습니다. 촬영 때 뵙겠습니다."

"그래그래, 수고."

밖으로 나온 지영은 마지막으로 류승현과 류승연의 대기실에 들러 같은 거의 비슷한 대화를 다시 한번 하고 대성호텔을 나섰다. 집 근처 한우 전문점에서 회식을 거나하게 하고, 지영은 집으로 돌아왔다.

도착하니 저녁 10시쯤 됐다.

부모님께 인사를 하고 방으로 돌아와 씻은 지영은 침대에 벌러덩 누웠다. 단순히 제작 발표회만 하고 끝날 날이, 이상하게 꼬이더니 머리가 더럽게 복잡해지는 날이 되어버렸다. 지영은 일단 김은채가 했던 말을 곱씹어봤다.

처음은 당연히 사실인가, 거짓인가에 대한 판단이었다. 생각해보면 김은채의 행동은 이상한 구석이 정말 많았다.

특히 은재가 했던 얘기를 생각하면 정말 한두 개가 아니었다.

'츤데레도 아니고…….'

겉으로는 톡톡 쏘는 정도가 아니라 벌레 보듯 무시하면서 뒤로는 전부 다 챙겨준다? 그것도 아무리 사립이지만 한 학교의 운영 프로그램까지 바꾸면서까지? 그게 끝이 아니었다. 본인도 그 학교로 왔다.

괴롭히러?

옛날에는 그렇게 생각하긴 했는데, 지금은 아니었다.

단순히 괴롭히러 중학교까지 따라왔다는 것 자체가 말이 되질 않았다. 그것도 대기업 오너 일가인 김은채가 말이다.

'옆에 두고… 보호할 생각으로?'

그렇게 생각하면 앞뒤가 맞아떨어지긴 한다.

문제는 김은채의 지금까지 자신의 앞에서 벌인 행동을 생각하면 잘 믿어지지가 않았다.

"아놔……."

짜증이 올라와 다시 일어난 지영은 1층으로 내려가려다가, 다시 누웠다. 이럴 때마다 술을 마시면 정말 중독될 것 같아서였다. 서랍을 열어 잠시 명상을 취하고는 다시 침대에 눕자 이제야 좀 살 것 같았다.

'보자… 새엄마가 아들을 낳았고, 차후 경영 승계를 목적으로 김은채와 유은재를 죽인다?'

충분하다 못해 넘치는 시나리오였다.

대성그룹은 말했다시피 진짜 공룡 그룹이었다.

한 해 매출도 진짜 장난이 아닐 정도였고, 기업 중에는 그나마 깨끗한 기업이라 평가받으면서 시민들에게 이미지도 좋았다.

그런 곳을 먹으면?

팔자 펴는 정도가 아니었다.

인간의 욕심, 탐욕은 원래 끝이 없는 법이고, 그건 사람마다 강약이 있지만 타고난 욕심쟁이들은 쟁취를 위해 타인, 가족의 목숨까지도 뺏는 일이 비일비재했다.

'소설은 절대 아니지. 역사가 증명해 주니까……'

조선, 고려, 통일신라 시대까지만 훑어봐도 그런 권력 다툼은 수도 없이 많았다. 이 시대라고 다를 것 없었다.

대성그룹과 비슷한 덩어리의 L사도 경영 승계 때문에 친형제가 피 터지고 박 터지게 싸웠으니까.

'일단 알아봐 달라고 했으니까 좀 기다려 봐야겠어.'

부뚜막에 이미 김은채에 대해 의뢰했고, 그쪽은 받아들였다.

아직 보고는 없었지만 오너 일가 조사가 쉬운 일은 절대로 아니기에 지영은 꾹 참고 기다리고 있었다.

하지만 계속해서 김은채가 보였던 슬픈 눈빛, 처연한 분노 등이 떠올랐다. 명백하게 당시 상황과 맞지 않는 눈빛과 분노였기에 지영은 확실히 기억하고 있었다.

배다른 자매.

들어보니까 은재가 생일이 늦었다.

이런 경우는 보통 하나였다.

'아내가 임신했을 때 남편이 성욕을 참지 못하고 외도를 한 경우.'

옛날에 은재에게 지나가는 말투로 넌지시 들은 기억이 났다.

자기 엄마로 보였던 사람이 술을 파는 여자 같았다고.

진한 향수 냄새와 화장, 그리고 담배 냄새에 더해 화려하다 못해 역겨웠다는 옷차림까지. 그걸 종합해 보면 은재의 친엄마 는 아마도…….

'룸 아가씨였겠지.'

쓸쓸함에 지영은 입술을 지그시 깨물었다.

다시 생각하니 생각은 멈추지 않고 나아갔다.

'누가 꼬셨는지는 중요하지 않아. 잤다는 게 중요하고, 한 번 인지 두 번인지 모르겠지만 은재가 태어났다는 게 중요해.'

은재의 친엄마가 김조양이 대성그룹 오너 일가인 걸 용케 알 고 먼저 꼬리를 쳤을 수도 있고, 그냥 김조양이 하룻밤 성욕을 풀러 갔는데 진짜 우연히, 아다리가 딱 맞아떨어져서 은재가 세상의 빛을 봤을 수도 있다.

'김은채, 그 독사 같은 성격까지 설마 전부 연기였던 건가? 아니, 그 정도까지는 아니겠지… 설마.'

지영이 느끼기에 김은채는 타고난 악녀에 가까웠다.

이러한 감은 일정 환생 이후부터 틀린 적이 없었다.

'양면성? 이중인격? 에이, 그건 아니지. 아니, 그럴 수도 있나?'

정신의학, 심리학 쪽으로 조예가 그리 깊지 않았다. 그래서 뭐라 단정 지을 수가 없었다.

"아, 진짜……."

김은채, 참 요물이었다.

일단, 일단 자자.

생각은 차차 하자.

지영은 일단 맑은 정신에 다시 생각해 보기로 하고는 억지로 잠을 청했다.

*　　　*　　　*

제작 발표회가 있던 날, 인터넷은 다시 난리가 났다.

지영의 폭탄 발언이 그대로 기사화되면서 무편집으로 올라갔기 때문이다. 카메라를 똑똑히 바라보며 지영이 한 발언에 어이없게도, 미국 언론이 답했다. 보통은 웃고 넘어갈 일인데 강지영이란 존재가 가진 영향력은 미국의 언론도 무시할 수가 없었기 때문이다. 다른 나라도 아니고, 대놓고 미합중국을 저격했다.

그것도 하얀 집 대빵을 표적으로 저격해 버렸다.

뭐, 비판이야 그 집 대빵은 하도 많이 먹어서 별 대수롭지 않은 일이지만 말했듯이 지영이 한 말이라 논란이 되어버렸다.

희대의 테러에서 홀로 귀환한 자.

그래서 어느새 희망의 상징이 된 자.

그게 세계가 바라보는 강지영이었다.

지영이 의도한 건 아니지만 세계의 언론이 지영을 그렇게 만들어 버렸다. 배우가 아닌 정치를 했으면 벌써 금배지를 달고 여의도 대표적인 건물에 앉아 있고도 남았을 정도로 세계적인 인지도, 영향력이 장난이 아닌 사람이 어느새 되어버렸다. 솔직히 말도 안 되는 일은 아니었다. 옛날에 프리미어 리그에서 뛰던 아프리카 출신 축구 선수 한 명이 내전을 멈추어달라고 간청하자, 진짜 그 선수의 고국에서 벌어지던 내전이 잠시 멈춘 적이 있었다. 그걸 생각하면 지영의 이러한 영향력이 말이 안 되는 것도 아니었다.

다만, 조금 도가 넘었다 싶을 정도로 과한 게 문제였다. 이러한 지영의 저격에 미국 언론은 대응했지만, 하얀 집은 대응하지 않았다. 아니, 할 수 없었다. 자존심이 있으니까…… 그렇게 지영의 발언으로 예민하고, 재미난 일이 발생했지만 역시 지영의 일과는 변함이 없었다. 액션 스쿨에 가서 합 맞추는 연습을 하고, 다시 사무실로 돌아오고, 그게 전부였다. 그렇게 시간이 지나면서, 순식간에 12월의 끝이 다가왔다.

12월 31일.

새해가 밝는 날.

이날이 지나면 지영은 이제 스무 살이 된다.

법적으로 어엿한 성인이 되는 것이다.

그 기간 동안 지영은 면허도 땄다.

이제는 외출도 자유롭게 혼자 나갈 수 있게 됐지만 당연히 그러지는 못했다. 벌집을 제대로 쑤셨기 때문이다. 그것도 한 방만 쏘여도 목숨이 오락가락할 수 있는 말벌이 우글거리는 벌집이었다. 후회는 안 하지만, 자중할 걸 그랬나 하는 아쉬움 정도는 있는 지영이었다. 조금의 불편함. 그게 전부였다. 그리고 지영은 밖으로 나돌아 다니는 것보단 사방이 막힌 공간에 있는 걸 더 좋아했다.

집이나 사무실, 이런 곳 말이다.

그래서 지영은 31일인데도 그냥 집에 있었다.

"네, 누나. 네, 네. 안 나갈래요. 술이요? 그건 이따가 혼자 마시려고요. 이젠 혼술이 대센데 몰랐나? 푸흐흐. 뭐, 어쨌든 오늘은 나가기 좀 그래요. 가족들도 다 집에 있고. 네. 내일이나 모레 봐요. 네, 한 살 더 먹은 거 축하해요."

…하고 얼른 끊었다.

꽥 하기 일보 직전이었기 때문이었다.

폰을 내려놓고 거실로 나가려는데, 오랜만에 전화가 왔다.

발신 번호 0.

부뚜막이었다.

잠시 발신 번호를 보던 지영은 바로 통화 아이콘을 터치했다.

"네, 강지영입니다."

―부뚜막의 주모입니다.

"네."

지영이 짧게 '네'라고 대답하자 잠시 숨을 고르는 건지, 침묵이 이어졌다.

―일단 현재 강지영 씨를 위협하는 위험 요소는 파악하지 못했습니다.

"후우."

안도의 한숨이 저절로 흘러나왔다.

하지만 완전히 마음을 놓진 않았다. 지영이 벌집을 쑤셔놨기 때문에 분명 어떤 움직임이 있을 거라 예상됐기 때문이다.

―다음은 큰 별 공주에 대한 보고입니다.

큰 별 공주.

대성의 공주.

김은채였다.

―아직 언론에 알려지진 않았지만 대성그룹은 현재 경영권 승계 전쟁이 벌어지기 직전입니다.

"……."

경영권 승계라…….

'김조양이군.'

지금 당장 김은채가 승계에 대한 전쟁을 하진 않을 것이다. 그의 배다른 어린 남동생도 마찬가지였다. 김조양은 대성그룹 회장의 장남이었다. 그는 아래로 남동생과 여동생이 한 명씩 있었는데, 아마 전쟁은 그들과 붙을 거라는 생각이 들었다.

―공주는 아버지가 아닌, 김조선에게 붙을 확률이 높습니다.

지영은 그 말에 정신이 번쩍 들었다.

"김조선이요?"

김조선은 김조양의 여동생으로, 굵직한 미디어 그룹의 총수였다. 대한민국 언론계의 대모라고도 불리는 김조선은 한국에서 가장 영향력 있는 여성, 탑 10위에서도 세 손가락 안에 드는 기업인이었다.

―네, 공주는 옛날에 큰 위험에 빠진 적이 있었고, 그 이후부터는 김조양이 아닌 김조선의 손에서 키워졌습니다.

"......"

지영은 그 말에서 비릿한 피 냄새가 나는 것 같았다. 삼파전이 벌어지고, 만약 김은채가 가진 주식이 결정적인 역할을 한다면?

'아니, 잠깐만......'

김은채는 분명, 자신의 새엄마를 쌍년이라고 했다.

'김조양이 나중에 물러날 때에 피바람을 예상했다면?'

가장 좋은 방법은 그런 일이 안 일어나게 하면 되는 것이다. 방법은? 김조양이 회장에 못 오르게 하면 된다.

여러 가지 단서가 뭉쳐지자, 지영은 김은채가 했던 말을 믿을 수밖에 없다는 것을 깨달았다.

"공주에 대한 보고는 그게 전부입니까?"

―지금 현재는 그 정도가 한계입니다. 과거사는 몇 개 알아낸 게 있습니다만, 들으시겠습니까?

"네, 말해주세요."

—공주는 한 번 납치당한 전적이 있습니다.

"납치요……?"

알고 있는 사실이지만, 지영은 그냥 모른 척했다.

—네, 일주일 만에 풀려나긴 했지만 그 일로 큰 별 내부가 한창 시끄러웠습니다. 물론 내부 진통으로 끝났지만 사실 경, 검, 언론의 일부도 알고 있었다고 봐야 합니다.

"아……."

—그 이후, 또 한 번 암살 기도가 있었습니다.

"……."

지영은 피가 싹 식어가는 걸 느꼈다.

역시, 현실은 훨씬 더 시궁창이었다.

김은채의 그런 성격이 이제는 이해가 갔다.

어린 나이에 납치를 당하고, 암살 시도까지 있었는데도 평범하다면 오히려 그게 더 이상한 일이었다.

—미수에 그쳤지만 그날 이후 공주는 학교를 그만뒀고, 지금까지 김조선과 함께 생활하고 있습니다.

"……."

지영은 정말 이들이 대단하다고 느껴졌다.

'이 정도면 은재와 나의 관계 말고도, 은재와 김은채의 관계도 알고 있다고 봐야겠네.'

여기까지 판 부뚜막이 설마 그 둘의 관계를 모를 리는 없다고 생각했다. 그런 사실이 좀 걱정이 되긴 했지만, 지영은 이들을 믿었다. 만약 이들이 스스로가 세운 룰을 어겼다면 지금까지 존속하지도 못했을 거란 생각 때문이었다.

─현재까지 알아낸 건 그 정도가 전부입니다.

"네, 수고했습니다. 앞으로도 잘 부탁드립니다."

─공주님에 대한 보고가 하나 더 남았습니다.

은재에 대한?

지영은 귀를 쫑긋 세웠다.

─전에 의뢰했던 수술 내용입니다. 수술은 공주님의 척추 아래를 자극하고 있는 종양과 신경을 회복하는 수술입니다.

"……."

─성공 확률은 낮지만 보고에 의하면 수술이 잘될 경우 감각의 일부가 돌아올 수도 있다고 보고 있습니다.

"걸을 수 있단 소린가요?"

─천운이 따른다면, 이란 첨언이 붙어 있었습니다. 보고는 여기까지입니다. 더 의뢰할 내용이 있습니까?

"…아니요, 없습니다."

─그럼.

뚝.

일방적으로 전화가 끊겼다. 하지만 지영은 기분 나쁘지 않았다. 머릿속이 복잡해 그걸 따질 겨를도 없었다. 김은채에 대한 얘기, 유은재에 대한 얘기, 뭐 하나 쉽게 넘어갈 만한 게 없었다.

김은채.

'너는 나와는 다른 지옥 속에서 살고 있었구나.'

권력 다툼의 세상은 하루하루가 피 말리는 긴장의 연속이다. 게다가 암살 기도까지 있었다고 하니 얼마나 소름 끼치고, 긴장하는 삶을 살았을까.

지영은 바로 컴퓨터 전원을 켜고, 김조양의 아내에 대해 검색해 봤다. 하지만 나오는 건 하나도 없었다.

이 미디어 시대에, 대기업 사장의 가족 관계에 대해 하나도 안 나온다? 그건 곧 통제, 검열이 이루어졌단 뜻이었다. 따라서 그 '여자' 또한 신분이 범상치 않음이 분명해 보였다. 복잡하고, 실타래 같은 게 권력 다툼이었다.

하지만 여기서 진짜 중요한 게 있으니…….

'은제에 대한 게 아니라면 내가 신경 쓸 필요는 없지.'

김은채와 인연은 있지만, 솔직히 좋은 인연은 아니었다.

아니, 악연에 가까웠다.

그렇기 때문에 지영은 김은채에 대한 문제를 자신이 진지하게 고민해야 될 이유를 느끼긴 못했다. 그럼에도 알아봤던 건 당연히 은재 때문이었다. 그녀의 일신에 문제가 생기면, 그 문제는 어쩌면 은재에게도 영향을 미칠 수도 있었기 때문이었다.

'지켜보자.'

일단은 할 수 있는 게 그것밖에 없었다.

지영은 은재의 사진을 봤다.

여전히 아름다운 그녀.

지영은 슬슬 자신의 감정이 그리움으로 변해가고 있다는 걸 알았다. 마음 같아서야 당장 노르웨이로 날아가고 싶지만 자신의 사정이 그걸 허락해 주지 않았다. 다른 방법이 있다면 그녀를 데리고 오는 것뿐인데, 김은채와의 대화 때문에 그동안 준비했던 것이 모두 물거품이 되어버리기 직전이었다.

그녀가 쉴 곳, 가장 가까이서 보살필 수 있는 곳, 그곳은 딱 한군데였다.

바로 자신의 집.

이 공간이다.

어차피 빈 방도 두 개나 되고 하니, 그녀를 데리고 와도 충분하다. 은재가 허락만 한다면 말이다.

그러나 김은채와의 대화와, 좀 전에 부뚜막에서 알려온 내용을 종합해 보면 그건 결코 좋은 방법이 아니었다. 김은채의 새엄마는 이미 암살 기도까지 저질렀던 사람이다. 그걸 김조양이 아는지 모르는지는 중요하지 않았다.

'권력의 탐욕에 빠진 자가 한 번 실패했다고 포기한다? 어불성설이지……'

그러니 만약 알게 되면 분명 은재에게도 손을 뻗어올 것이다.

김은채가 호텔에서 지영에게 자신 있냐고 물은 것은, 은재를 지킬 자신이 있냐고 물어본 것이다.

스스로조차 국내에서는 은재를 지킬 수 없다는 걸 알아서, 지구 반대편인 노르웨이까지 은재를 보내 버렸다.

그렇게 해야만 그녀를 지킬 수 있다는 것을… 알고 있던 것이다. 그 말은 곧 그만큼 위험하다는 뜻과도 일맥상통한다.

"지랄 맞네, 진짜……."

피식.

그 말을 꺼낸 지영은 곧 실소를 흘리고 말았다.

아까 김은채의 상황이 실타래 같다고 생각했는데 그건 자신의 현실도 만만치 않음을 이제 자각했기 때문이었다.

사랑에 빠진 여자가 알고 보니 거대 공룡 그룹의 사생아다. 그것도 직계 일가의 사생아. 이것만 해도 범상치 않은 일인데 하이재킹을 당했고, 탈출해서 돌아오니 강대국의 시선을 한 몸에 받게 됐다. 그런데 그게 끝인가?

아니었다.

지영 본인의 직업은 배우였다.

행동, 대사에 감정을 실어 관객의 감정을 동조시키는… 그런 지영의 가장 든든한 지원군이었던 서소정의 꿈은 지영이 세계 최고의 배우가 되는 것이었다. 단순히 '와, 연기 잘한다'가 아닌, 정말 그 누구도 범접하지 못하는 대배우가 되길 원했다.

그게 그녀의 꿈이었고, 지영은 그 꿈을 이루어줄 생각이었다. 하나 때문에 하나가 걸리고, 하나 때문에 하나가 걸리고, 서로 맞물리더니 꼬인 실타래가 되어버렸다.

그래서 조소가 흘러나왔다.

"내가 지금… 남 걱정할 때가 아니네……."

현실 문제였다.

은재를 데려오려면, 자신의 주변을 먼저 최대한 안전하게 만

들어야 했다. 그런데 그 방법이 마땅히 보이지 않았다. 사설 경호 업체야 이미 준비는 하고 있지만 그걸로 어째 부족할 것 같은 느낌이 들었다.

"보고 싶다……."

정신적인 피곤함이 몰려오니 사진 속 그녀의 미소를, 스마트폰 화면이 아닌 실제로 보고 싶었다.

만약 자신이 살아 있음을 알게 된다면?

"너는 정말… 활짝 웃어줄 텐네."

그냥 무작정 노르웨이로 떠나고 싶을 지경이었다.

그런데 그러면……? 진짜 난리가 날 것이다.

아니, 어쩌면 출국 자체가 막혀 있을 수도 있었다.

지영 스스로도 장담할 수 있었다.

지영이 한국을 벗어나는 순간, 지영과 얘기를 원하는 자들이 반드시 접촉해 오리라는 것을. 그리고 그건 결코 신사적이지 않을 수도 있었다. 그래서 정순철도 웬만해서는 해외로 나가는 건 좀 자제해 주면 안 되겠냐는 말을 조심스럽게 했었다.

물론, 그걸 따라줄 생각은 없었다.

"후우."

답답했다.

며칠 참아봤던 담배가 또 생각이 났다. 패딩 하나만 걸치고 방을 나서는 지영. 거실로 나오니 임미정이 강상만과 거실 무드등 하나만 켜놓고 도란도란 얘기를 나누고 있었다. 와인을 마시면서 대화를 나누던 두 사람이 지영을 동시에 바라봤다.

"어디 가니?"

"잠깐 바람 좀 쐬게요."

"추워, 애. 바지도 입고 나가."

"괜찮아요. 그보다 두 분… 분위기 좋은데요?"

"이게, 어디 엄마를 놀리려고?"

강상만과 임미정은 옛날의 여유를 완전히 되찾았다. 처음에는 지영을 안타깝게 바라보고 그랬지만 지금은 옛날처럼 아들을 바라보는 눈빛이었다. 물론 그렇다고 덤덤한 표정은 아니었지만 여유가 생기니 지영도 마음속 짐을 내려놓을 수 있어 좋았다.

"오늘 동생 생기는 건가요?"

"뭐? 이 녀석을 그냥!"

띠리릭!

지영은 임미정이 일어나는 모습을 보곤 잽싸게 현관문을 열고 나갔다. 차가운 겨울밤의 공기가 피부에 닿자, 오돌토돌 닭살이 쭉쭉 일어났다. 항상 피우던 흔들의자에 앉아 불을 붙이는 지영.

치이익.

종이 타들어가는 소리는 언제 들어도… 그리고 빌어먹게도, 안정을 줬다. 이 몸에 해악한 것이 오히려 마음의 안정을 준다는 소리를 하면, 비흡연자들은 지랄하고 자빠졌다고 손가락질하겠지만 어쩌겠는가.

"후우… 그게 사실인데."

지잉, 지잉.

진동이 와서 폰을 꺼내보니, 12시 정각 알람음이었다.

스무 살. 지영은 이제 스무 살이 됐다.

만으로는 아직 18세지만 그래도 이젠 성인이 됐다고 말할 수 있는 나이가 됐다.

지잉, 지잉, 지잉, 지이이이잉.

갑자기 폰이 쉴 새 없이 울리기 시작했다. 성인이 된 지영이라 주변 지인들이 축하한다는 메시지를 보낸 것이다.

일면을 보니 참 다양했다.

송지원을 시작으로 레이샤, 척, 칸나, 김윤식도 있었다. 고은성과 김새연도 있었다. 한정연과 이성은에게도 메시지가 왔고, 신기하게 이재성 대통령 내외에게도 메시지가 왔다. 지영을 아는 많은 사람들이 축하한다는 메시지를 보냈고, 지영은 일일이 감사합니다란 답장을 적어서 보냈다.

그런데 웃기게도 기분이 썩 좋진 않았다.

가장 받고 싶은 이에게서는 메시지가 오지 않았기 때문이었다.

휘이잉.

"어?"

아주 작은 새하얀 솜뭉치가 떨어졌다.

손바닥에 똑 떨어진 솜뭉치가 사르르 녹아 사라졌다. 새해가 오면서 눈도 같이 내리기 시작했다.

눈이 녹는 것처럼 마음도 사르르 녹아 풀리는 것 같았다. 5년

간 못 보았던 눈이라 더욱 감정적으로 느껴졌다. 지영은 그렇게 눈을 맞으면 한참을 앉아 있었다. 응어리져 있던 감정이 모두 풀려 나갈 때까지, 그렇게 한참을 앉아 있었다.

Chapter44
로케(Location),
드디어 그녀를 만나다

1월은 액션 스쿨에서 지내며 순식간에 지나갔다.

2월이 되면서, 류승현 감독은 지영에게 만나자는 연락을 했다. 2월의 두 번째 주 토요일. 이번엔 지영의 사무실에 배우들과 제작진, 그리고 투자사의 관계자들이 모였다. 지영의 사무실도 상당히 넓어 관계자들이 15명 가까이 모였는데도 크게 무리는 없었다. 간단한 인사 후, 류승현 감독이 모이자고 한 이유를 설명했다.

"오늘 이렇게 모이자고 한 이유는 로케 장소를 정하기 위해섭니다. 일단 제가 생각해 둔 곳도 있지만 배우나 투자사분들의 의견은 다를 수 있으니까요. 일단, 제가 생각해 둔 곳입니다."

류승현 감독은 그렇게 말하며 앞으로 나가 PPT를 띄웠다.

근데 PPT라고 할 것도 없이 사진과 지역명이 전부였다. 프린트로는 현장감을 살리지 못하니 이렇게 하는 것 같았다.

'스위스라⋯⋯.'

사진 속 설경은 스위스하면 떠오르는 알프스산맥인 것 같았다.

"극 중 태석이 조장철과 처음 등장하는 장면은 엄청난 임팩트를 줘야 합니다. 따라서 극한 상황을 재현할 필요가 있고, 알프스산맥의 수려함과 험난함은 충분히 좋은 배경이 될 것이라 생각합니다."

"음⋯⋯."

확실히 사진과 짧은 영상으로 보는 알프스산맥은 임수연이 설정한 극 중 태석, 조장철의 등장 신 배경에 딱 알맞았다.

잠시 각자 생각하더니, 하나둘 찬성 의견을 꺼냈다. 하지만 지영은 사전에 먼저 말을 해줘야 했다. 그래서 손을 살짝 드니까 시선이 단숨에 우르르 몰렸다.

"네, 지영 씨. 다른 의견 있나요?"

"아니요. 로케 장소를 정하기 전에 제 문제부터 말씀을 좀 드려야 할 것 같은데요."

"문제요?"

"네. 아시다시피 제가 좀 문제가 있습니다. 자국에서는 정부에서 충분히 보호해 주고 있는데, 이게 해외로 나가면 어떻게 될지 몰라서 웬만하면 해외로 나가는 건 좀 조심해 달라는 말을 들었거든요."

"아……."

생각지도 못했던 복병에 류승헌 감독의 얼굴에 그늘이 졌다. 다른 사람들도 마찬가지였다. 당연한 반응이었다. 그들은 지영이 힘든 일을 겪었다는 걸 알지만 아직까지도 그 일 때문에 곤란한 상황이라는 것까진 모르고 있었다.

언론에서도 슬슬 그 일에 대한 언급은 많이 줄어든 편이고, 진짜 민감한 것들은 이제 슬슬 수면 아래 가라앉는 중이었다.

"출국 금지여?"

유해준의 질문에 지영은 고개를 저었다.

"그 정도는 아니에요. 단지 좀 조심해 달라는 말을 했거든요. 제가 만약 어쩔 수 없이 나가면… 정부 측 경호원들이 대거 따라서 움직여야 하는 상황입니다."

"꼭 같이 가야 하는 거여?"

"지금 정부 스타일 아시잖아요?"

"허헛, 그렇긴 하지. 음… 그럼 아예 못 나가는 건 아니다. 이거지?"

"네, 그런 건 아니에요."

"그럼, 일단 로케는 필요하니까 가는 쪽으로 정하고 류 감독이랑 지영이 그쪽이랑 얘기를 잘 풀어봐. 그쪽 조건만 수용해 주면 큰 문제는 없을 거 아냐. 만약 안 된다고 하면 뭐, 별수 있나. 임 작가한테 미안하지만 대본을 좀 수정해야지."

역시 연륜.

금세 교통정리를 끝내는 그의 모습에 지영은 작게 웃음이 나왔다. 짝짝, 류승현 감독이 박수를 치고는 시선을 다시 모았다.

"그럼 지영 씨 문제는 해준 형님 말대로 진행하는 걸로 합시다. 다른 의견들 더 있나요?"

그의 말에 지영은 미안하지만, 다시 손을 들어야 했다. 만약 로케를 찍으러 가면 꼭 가야 할 나라가 있었기 때문이었다.

"네, 죄송하지만… 제가 추천하고 싶은 곳이 있습니다."

"하하, 죄송할 게 뭐가 있겠습니까. 편하게 말해보세요."

"그럼… 저는 노르웨이를 추천하고 싶습니다."

"노르웨이요?"

"네."

"음… 거기 뭐가 있었더라?"

"스칸디나비아산맥이 있죠. 거기도 절경입니다. 특히 이 시기는 아주 죽여줄걸요? 아쉽게도 사진은 못 준비했습니다."

하지만 김미연이 바로 스칸디나비아산맥 사진을 열댓 개 정도 구해서 스크린에 띄웠다. 알프스에 뒤처지지 않는 절경. 확실히 추천할 만한 가치가 있는 곳이었다.

"오… 좋네. 알프스와는 다르게 여긴 거친 야성미가 있어."

"그러게요. 근데, 음… 형님, 괜찮겠습니까? 여기 험한데요?"

"어허, 내가 나이는 반백이 넘었어도 아직 정정해. 왜 이래, 류 감독? 나 아직 안 죽었어!"

"하하, 농담입니다. 그럼 알프스랑 스칸… 디나비아? 아이고,

이름도 어렵네. 어쨌든 이 두 곳 중 한 곳으로 정하려고 합니다. 다들 괜찮으시죠?"

류승현 감독의 말에 다들 고개를 끄덕였고, 이어서 투표를 진행했다. 민주주의에서 투표만큼 확실한 것도 없으니 지영은 만약 안 되면 그냥 수긍할 생각이었다.

'스위스에서 촬영을 끝내고 가면 되니까, 뭐.'

하지만 우연인지, 필연인지 15명 중 9명이 스칸디나비아산맥에 손을 들었고, 로케 장소는 그곳으로 결정이 됐다.

"자자, 그럼 결정됐으니까 회의는 짧게 여기서 마치겠습니다. 저녁에 시간들 비우셨죠? 오늘 한잔합시다. 하하."

빠르고 깔끔하게 회의를 마친 류승현 감독이 회식을 선포했다. 그러지 다들 웃으면서 일어나 짐을 챙겼고, 유해준이 지영의 옆으로 스윽 다가왔다.

"허헛, 강 배우. 저번에 못 푼 회포, 오늘 풀어야지? 오늘은 마누라한테 허락받고 왔으니 코가 비뚤어지게 마셔도 된단 말이지, 허헛."

"하하, 네. 저도 참석할 거예요."

유해준의 유쾌한 말을 듣자면 참 사람이 좋은 배우 같다는 생각이 들었다. 이따 보자며 그가 먼저 나가고, 지영은 팀원들에게 정리하고 바로 회식 장소로 오라고 하고는 바로 사무실을 나섰다.

지영은 이날 처음으로 만취에 가깝게 술을 마시고 겨우 집으로 귀가했다. 배우 유해준, 진짜 살벌한 술꾼이었다.

*   *   *

3월 초.

비행기 창밖으로 보이는 이국적인 풍경에서 지영은 눈을 떼지 못하고 있었다. 방콕을 거쳐 이제 막 오슬로를 앞두고 있었다. 30분 정도가 더 지나자 오슬로 국제공항의(Oslo Gardermoen Airport) 활주로가 눈에 들어오기 시작했다.

입국 심사를 거치고 짐을 챙겨 밖으로 나오자, 영하의 살벌한 추위가 느껴졌다.

"어으……."

살벌한 추위에 지영과 같이 온 한정연이 앓는 소리를 흘렸다. 그녀뿐만이 아니었다. 김지혜는 물론 회사원들도 코트를 입고 바르르 떨었다. 그런 것과는 상관없이 지영이 잠시 폰을 꺼내보고 입술을 깨물 때, 정순철이 다가왔다.

"차량을 긴급 점검 하느라 삼십 분쯤 늦게 출발했답니다. 안에서 기다리는 게 어떻겠습니까?"

"네, 그렇게 해요."

옆에서 대화를 들은 김지혜가 얼른 상황을 설명하자 한정은과 이성은은 얼른 다시 공항 안으로 들어갔다. 정순철이 근처를 둘러보겠다며 자리를 비우자 지영은 김지혜에게 조용히 물었다.

"은재는요?"

"이틀 전 병원에서 퇴원, 지금은 집으로 돌아간 상태라고 했어요."

"저희 이동 경로에 넣었죠?"

"네, 정순철 팀장에게 전달했으니 걱정 마세요."

"……."

드디어… 여기까지 왔다.

오면서도 지영은 많은 고민을 했다. 어차피 촬영을 위해서는 산맥 중앙까지 가야 했다. 거기까지 가다 보면 함메르페스트(Hammerfest)를 경유할 수 있었다. 지영은 이동 경로를 짤 때 여길 경로할 것인가, 아니면 다른 곳으로 지나갈 것인가를 고민해야 했다. 전자는 은재를 만나겠다고 마음먹었을 때고, 두 번째는 아쉽지만 김은채가 했던 경고에 완전히 대비를 갖춘 다음에 보겠단 결정을 내렸을 때였다. 하지만 지영은 함메르페스트를 경유하기로 했다. 그건 곧, 이제는 더 이상 그녀와의 만남을 미룰 수 없다는, 그리움 때문이었다.

30분, 차량이 왔다.

24인승 버스가 한 대, 그리고 오프로드 차량이 다섯 대였다. 지영이 따로 고용한 경호원들과 팀원들은 버스에 탔고, 회사원들은 오프로드 차량에 탄 뒤 바로 출발했다. 자고, 먹고, 가고를 몇 차례나 반복하다 보니 인구 1만의 소도시 함메르페스트가 보였다. 숙소에 도착한 뒤 짐을 풀고는 지영은 김지혜를 조용히 불러냈다.

숙소도 일부로 은재가 있는 주변에 잡았기 때문에 걸어서도 충분히 그녀가 있는 곳으로 갈 수 있었다.

지잉, 지잉.

둘이서 걸어가고 있는데 주머니 속에 넣어뒀던 폰이 열심히 울어댔다. 꺼내 보니 모르는 번호였다.

받을까 말까 고민하던 지영은 일단 전화를 받았다. 경호원일 수도 있었기 때문이다. 하지만 건너편에서는 의외의 목소리가 들려왔다.

―결국 갔네.

"……."

김은채였다.

어떻게 알았는지 그녀는 벌써 지영이 은재를 만나러 가는 걸 알고 있었다. 하지만 신기할 것도 없었다. 이 시대에 그녀처럼 썩어날 만큼 돈이 많으면 한 사람의 행적을 실시간으로 추적하는 건 일도 아니었으니까.

그리고 애초에 대성그룹 계열의 투자 회사에서도 지영이 노르웨이로 출국한 사실을 알고 있었다. 그 얘기가 김은채의 귀에 안 들어갔을 확률은 제로에 가까웠다.

―만날 거지?

전보다는 목소리가 착 가라앉아 있었다.

연기를 그만두기로 한 건지, 아니면 지영의 행동에 체념한 건지 아직까지는 불명이었다.

"김은채."

―말해.

"알고 있었으니 말해두는데, 허튼짓하지 않았기를 빌어."

─수술 끝나고 얼마 되지도 않았어. 그래서 네가 못 찾게 다른 곳으로 데려가고 싶어도, 안 돼. 은재는 지금 회복 시간을 가져야 하니까.

솔직, 담백한 목소리였다.

지영은 그 말에 거짓이 없을 거라는 느낌을 받았다.

"믿는다."

─은재, 많이 좋아해?

"묻는 의도가 뭐야?"

지영은 잠시 카페의 테라스에 앉았다.

그러자 김지혜가 얼른 따뜻한 코코아와 커피를 주문한다며 자리를 비켜줬다.

─내 동생이야. 물을 자격 있어.

"……."

처음이다.

순수하게, 깔끔하게 인정하는 건.

그래서 지영이 잠시 침묵하자 다시 김은채의 목소리가 들려왔다.

─놀라진 않았지? 은재의 행방을 찾을 정도의 능력이면 나랑 은재의 관계도 충분히 알아냈잖아?

"그래, 알고 있었어."

─그러니까 대답해. 은재 많이 사랑해?

"응. 이번 생의 처음이자 마지막이 될 아이야."

―…믿을게. 말해놓을 테니까 오늘은 얼굴만 봐. 은재 종양 떼어내서 지금 몸 상태 별로라니까. 각별히 조심해 주고.

"그래……"

김은채의 말에 지영은 이 괴상했던 관계가 풀려가는 걸 느꼈다. 하지만 첫 만남이 너무 지랄이었던지라 고맙다는 말은 역시 아직 말하기 어려웠다.

―그리고 은재… 상처주지 마. 그랬다간… 내 모든 것을 동원해서 너를 파멸시킬 테니까.

"……"

성이 달라도, 어머니가 달라도, 그래도 언니라는 건가?

김은채의 말에 지영은 실소를 흘리고 말았다. 하지만 그걸 듣기도 전에 김은채는 전화를 끊어버렸다.

기분이 요상했다.

어쩌면 이번 생에 가장 거추장스러울 지도 모르겠다고 생각한 게 김은채다. 외모로 경국지색(傾國之色)은 아니지만, 능력만큼은 옛날에 태어났다면 나라를 흔들고도 남았을 정도라고 생각할 정도로 김은채는 위험한 여자였다.

실제로 지영의 모든 환생 중에 김은채만큼 능력 있고, 독심까지 있는 여자는 손에 꼽을 정도였다.

'상처 주지 말라니……'

그 말을 상기하고 나니.

"미치겠다, 진짜… 하하."

헛웃음이 나왔다.

김은채에게 이런 말을 들을 순간이 올 줄은 정말 꿈에도 상상 못 했다.

김지혜가 들고 나온 코코아로 속을 달랜 지영은 그녀가 있는 곳으로 다시 걸음을 재촉했다. 숙소에서 그리 멀지 않았다. 전형적인 북유럽식의 2층 저택에 그녀가 살고 있었다. 현관문을 노크하기도 전에, 지영은 2층의 발코니를 보며 걸음을 우뚝 멈췄다. 그곳엔 휠체어를 탄 젊은 여성이 담요를 두르고 하늘을 바라보고 있었다. 차가운 겨울바람이 그녀의 머리카락을 마구 나부끼게 했지만 지영은 알아볼 수 있었다.

'은재야……'

강지영의 그녀, 유은재였다.

우두커니 서서 바라보고 있길 몇 분, 인기척을 느꼈는지 은재가 머리카락을 정리하며 시선을 지영 쪽으로 돌렸다.

그렇게 두 사람의 시선이 만났다.

"……"

"……"

짧은 침묵 뒤에 눈동자에 놀람이 깃들었다. 하지만 그것도 잠시, 그녀는 활짝 웃었다. 3월, 북유럽의 추위마저 물러가게 할 정도로 맑고, 밝은 미소였다. 그래서 너무나 따뜻한 미소였다.

지영은 그 미소를 보면서 속으로 저도 모르게 중얼거렸다.

'그래, 저 미소. 저 미소가… 보고 싶었어.'

그립던 미소여서, 너무나 반가웠다. 그래서 지영도 근 5년 동안 지어본 적이 없던 반가움, 그리움이 뒤엉킨 미소를 마주 그렸다.

그녀의 미소, 그녀의 눈빛, 그녀의 향기.

모든 게 그대로였다.

다만 5년이란 세월의 흐름은 그녀를 소녀에서 여인으로 바꾸어놓았다. 이미 김은채가 연락을 한 모양인지 지영은 아무런 저항 없이 저택 안으로 들어갈 수 있었다. 그녀의 담당 중 하나가 전통차를 내오고는 자리를 비켜줬다.

하지만 두 사람은 서로 마주 보기만 할 뿐, 차를 들진 않았다.

"……."

"……."

마주치는 서로의 시선에는 따뜻함이 가득했다. 반가움보다는 이제야 내 사람을 만났다는 안도감이 엿보였다. 지영은 그런 미소를 보면서 확신했다. 은재는 아직도 자신을 사랑하고 있다는 것을.

그래서 참 다행이란 생각이 들었다.

언제까지고 이렇게 있을 수는 없어 지영은 잠시 뭔 말을 할까 고민하다가 입을 열었다.

"안 놀라네?"

"응?"

"내가 살아 돌아온 것. 놀라지 않은 것처럼 보여서."

"아아. 으음……."

은재는 휠체어에 앉아 척, 턱을 괴었다.

그러나 고민하는 건 아니었다. 입가에 장난스러운 미소가 감돌고 있으니 확실했다.

"안 믿었거든."

"응?"

"나는 네가 그 사건에 휘말렸을 때도, 지영이 너만큼은 살아 있을 거라 믿었어."

"왜?"

"너는 특별하잖아? 너 같이 특별한 아이가 그렇게 어이없게 죽진 않을 거라고 생각했지."

"……."

확실히 지영이 은재에 대한 능력, 성격을 믿는 만큼 은재도 지영을 믿고 있었다. 범상치 않은 정도가 아니라 '특별', 그 자체인 지영. 그건 지영이 은재를 그렇게 느끼는 만큼, 은재도 지영을 그렇게 느끼고 있었다.

"현실성이 없던 건 아니었어. 온 사방에서 너의 납치를 죽음과 연결시켜 떠들어댔으니까. 하지만 나는 흔들리지 않았어. 너라면, 강지영이란 사람이라면 반드시 무슨 수를 써서라도 돌아올 거라 생각했어."

"……."

씨익.

"그리고 있지… 넌 내 남자잖아? 나를 두고 혼자 가선 안 되잖아?"

"하하."

은재의 말에 지영은 웃음을 터뜨렸다.

의미심장한 표정에서 나온 그 말은 이 순간 지영에게 정말 따뜻하고, 정답게 들렸다. 내 남자. 내 여자. 연인이 서로에 대해 부르는 수많은 호칭 중 하나지만 지영은 그 표현에 너무 가슴이 덜컹거렸다.

"넌 책임감이 참 많은 남자야. 그래서 직감적으로 느꼈어. 알지? 내가 촉 좋은 거. 그날도 말했었잖아. 꿈 얘기하면서."

"맞아. 그랬지."

5년 전 미국으로 떠나기 전 공항에서 지영은 은재의 전화를 받았다. 그녀는 불안해했다. 목소리는 잘게 떨렸고, 가지 말란 말은 안 했지만, 지영이 안 갔으면 하는 뉘앙스를 사정없이 풍겼다.

그걸 보면 그녀의 직감은, 촉은 정말 좋은 편이었다.

"그런 직감이 말했어. 너는 죽지 않았다고. 다만… 무슨 일이 있어서, 늦는 것뿐이라고. 작년 여름에 들어왔다고 했지?"

"응, 오 년이 좀 안 걸렸지."

"그럼 내가 좀 더 일찍 세상을 보려고 했으면 우린 더 빨리 만났었겠다."

"응? 김은채가 막은 거 아냐?"

은재의 말에 지영이 그렇게 되묻자, 그녀는 고개를 도리도리, 천천히 저었다.

"은채가 그런 거 아냐. 내가 세상이 보기 싫어서 부탁한 거

야. 나는 너의 생환을 믿었지만, 그래도 이러쿵저러쿵 떠드는
건 참기 힘들었거든."

"……"

이 또한 오해라 할 수 있을 것 같았다.

은재가 이렇게 말했다면 분명 진실이다. 그럼 여태껏 김은채
를 욕했던 게 상당히 미안한 일이 되어버렸다.

문득 지영은 궁금해졌다.

은재는 과연 자신과 김은채의 진실된 관계를 알고 있는지.
하지만 묻지 않았다.

'이런 건 조심스럽게 접근해야 하니까……'

그렇게 생각하며 차를 한 모금 마셨다.

새콤달콤한 맛의 신기한 차였다.

"많은 일이 있었지?"

"…응."

"소정 언니는… 편하게 갔어?"

"……"

지영은 순간 말문이 막혔다. 어떻게 알았을까? 잠시 생각했
지만 눈앞에 자신의 여인이 굉장히 머리가 똑똑하다는 걸 상기
했다. 서소정이 살아 있다면, 아까 발코니에서 은재를 만났을
때 지영의 옆에, 김지혜가 아닌 서소정이 있었어야 했다. 하지
만 그러지 않았다. 사정이 생겨서? 그럴 수도 있지만, 은재는 여
러 가지 단서로 빠르게 그녀의 죽음을 알아차렸다. 그래서 지
영은 어떻게 대답할까 고민했다.

거짓말로? 아니면 솔직하게?

이번엔 후자로 결정했다.

은재에게는 거짓말을 하고 싶지 않은 지영이었다.

"아니, 힘들게 갔어. 많이 아팠을 거야."

"들려줄 수 있어?"

"……."

이 말에도 말문이 턱 하고 막혔다.

그걸 다시 상상하고, 꺼낸다? 그 장면은 충격이었다. 지영은 그때 입가에 비릿한 미소를 걸었지만, 사지가 구속당하지만 않았었다면 아마 그 자리에 있던 놈들의 모가지를 죄다 비틀고, 갈라 버렸을 것이다. 그만큼 그 당시 지영이 느꼈던 분노는, 살심은 어마어마했다. 그래서 웬만해서는 꺼내고 싶지 않은데 이어진 은재의 말에 지영은 그 결정을 번복해야 했다.

"너에게 있었던 일은 전부 알고 싶어. 난 앞으로 너의 옆에서 평생을 있어야 할 반려잖아? 내 남자에게 있었던 힘든 일, 슬픈 일, 기쁜 일, 화났던 일, 그런 건 전부 알아두고 싶어. 모르면 서운할 것 같아."

"…후우, 알았어."

지영은 그 말에 항복하고는 잠시 감정을 가다듬곤, 잽싸게 구도자의 길을 걸었던 기억 서랍을 열어 강제로 평정을 유지한 채, 그날 있었던 일을, 서소정의 마지막 모습을 아주 솔직하게 이야기했다.

은재는 그 얘기를 듣고… 울었다.

엉엉, 오열하진 않았지만 지영의 눈빛을 바라보는 은재의 눈동자에선 정말 닭똥 같은 눈물이 끊임없이 흘러내렸다. 그러면서도 눈 한번 깜빡이지 않고 지영을 직시했다. 지영의 얘기가 끝나자, 그제야 그녀는 소매로 눈가를 훔쳤다.

"흑, 흐윽……."

"……."

그다음에야 울음소리가 흘러나왔다.

그녀가 우는 걸 보고도 지영은 달래주지 않았다. 본인이 듣고 싶다고 했으니까, 감정도 본인이 정리하길 바라서였다. 그리고 그녀의 지금 오열은 서소정에 대한 추모였다. 그 추모를 강제로 멈추는 건 예의가 아니었다.

'누나에게도, 은재에게도…….'

그래서 지영은 잠자코 기다렸다.

잠시 뒤 그녀는 성호(聖號)를 긋더니 두 손을 모으고, 기도를 했다. 굵은 눈물을 흘리면서 10분 가까이 기도를 하더니 눈을 뜨곤, 지영을 보며 환하게 웃었다.

"힘들었지?"

"…나야 뭐. 은재 네 말처럼 특별한 사람이잖아? 잘 이겨냈어."

"…나 있지. 지영이 네가 늦은 이유를 알 것 같아."

"…그래?"

지영은 잠시 멈칫했다.

은재는 허튼소리를 하는 성격이 아니었다.

그러니 분명 또 뭔가 알아내고 저런 말을 하는 게 분명했다.

"괜찮아. 그렇게 해서 언니가 편히 쉴 수 있다면, 지영이 네 마음이 안정을 찾게 된다면. 그게 더 좋은 일 아닐까?"

"천주교 신자가 할 말은 아닌 것 같은데?"

"후후, 원장 수녀님 덕분에 좀 의지하게 된 것뿐이지, 아예 수녀님이 되고 싶을 정도로 독실하진 않아. 그리고 난 말야, 함무라비법전(Code of Hammurabi)을 제법 좋아한다?"

피식.

하긴, 그러고 보니 언제 한번 은재가 두꺼운 책을 읽고 있는 모습을 봤다. 그때 슬쩍 엿봤는데 그건 함무라비법전에 대한 내용이었다.

"중세 시대의 피의 율법이니 뭐니 하는 건 허튼소리라 생각해. 그러니 내 남자는 잘했어."

위험한 사상에서 나온 말이었지만, 은재는 진심으로 그렇게 생각하는 것 같았다. 그리고 지영은 그런 은재의 말이 거북하지 않았다. 왜? 자신은 이미 그 사상을 따라 복수를 완료했기 때문이었다. 하지만 이 얘기를 계속하고 싶진 않았다. 그래서 지영은 생각해 뒀던 주제로 화제를 돌렸다.

"수술했다며?"

"어? 그것도 아는구나? 응, 은채가 눌린 신경과 종양 떼는 수술 해줬어. 사실 지금 좀 아파, 헤헤."

"피곤하면 쉴래?"

"아니! 더 있을래. 더 얘기할래. 이제야 만났는데, 절대 싫어.

가면 화낼 거야. 이번엔 진짜 화낼 거야. 나 잠들 때까지 같이 있어줘."

언성을 높이지도 않은 말인데도 그 안에 담긴 단호함이 지영에게 적나라하게 날아들었고, 지영은 그냥 순순히 그 단호함을 받아들였다.

"알았어."

"계속 있고 싶어. 언제 가? 참, 영화 로케 때문에 왔다고 했지?"

"응, 내일 점심쯤에 다시 출발할 거야. 산맥 중앙 근처에서 찍기로 했거든."

"지금 많이 추운데……. 고생이다. 어떤 영화야?"

"테러리스트에 대한 이야기."

"진짜……?"

은재는 그 말에 눈을 동그랗게 떴다.

하지만 이내 배시시 웃었다.

그 미소가 예뻐서 지영도 같이 웃었다.

"너다운 선택이야."

"뭐가?"

"도망치지 않는 거."

"……."

은재의 말에 지영은 참 그녀는 자신을 잘 안다고 생각했다. 이러니 사랑에 빠졌고, 몇 년이 지난 지금도 그 감정은 조금도 희석되지 않은 채, 그 온도를 유지하고 있는 게 아닐까 생각했다.

"맞다. 오늘 여기서 자고 가도 돼?"

"응?"

그녀의 말에 지영이 좀 놀라자, 또 배시시 웃었다.

"촬영 오래 걸릴 거 아냐. 그러니까 내일까지라도 계속 같이 있고 싶어."

"알았어."

은재의 말에, 지영은 흔쾌히 고개를 끄덕였다. 그녀와 계속 함께하고 싶은 마음은 지영에게도 넘치도록 있었다. 은재의 차가 다 떨어지자 지영은 거실 중앙의 난로 위에 있던 주전자를 가져다 빈 찻잔에 다시 차를 채워줬다.

"고마워."

"고맙기는."

"맞다. 은채랑은… 어떻게 화해했어?"

"음……"

꺼내고 싶지 않은 주제였다.

저 주제에 은재와 은채의 관계도 엮어 있으니까.

그래서 지영이 좀 머뭇거리자, 은재는 씩 웃는 낯으로 말을 이었다.

"괜찮아. 나 다 알고 있어. 은채, 아니, 이 주제에서는 언니겠구나."

"……"

"언니가 얘기 다 해줬어. 왜 그랬는지. 왜 나를 여기로 보내야 했는지. 전부 말해줬어. 그러니까 괜찮아. 우리 이 주제로 대화해도 돼."

"넌 참……"

한창 민감할 나이에 들었을 출생의 비밀을 저리 덤덤하게 얘기한다. 지영은 어쩌면 은재는 어려서부터 이런 쪽으로 엄청난 내성을 기른 게 아닌가 싶었다.

"그런데 솔직히 언니가 얘기 안 했어도 어느 정돈 눈치채고 있었다?"

"응?"

"날 낳아준 엄마만 찾아온 게 아니었거든. 그 뒤에 잠깐 어떤 아저씨가 찾아와서 나를 불렀는데, 왜 그런 거 있지? 뭔가 찌릿! 한 거. 그리고 있지. 엄청 닮았어. 그 아저씨 보자마자 나랑 엄청 닮은 걸 느꼈거든? 근데 알고 봤더니 그 아저씨가 은채 아빠라더라? 티비에서 나오더라고."

"아……."

역시, 이 똑똑하고, 직감 좋은 여자가 모를 리가 없었다. 문학적 능력이 뛰어난 만큼 상상하는 걸 좋아하는 성격이라 단서가 있으니 좀, 추리해 봤을 것이다. 그렇게 스스로 정답을 찾았지만 그 정답을 확인해 줄 사람이 없으니 그냥 가슴에 품고만 있었을 것이다. 그렇게 시간이 흐르고… 또 흐르다가, 어느 날 김은채가 그 정답을 확인해 줬다.

"작년에 김은채를 만났어. 그리고… 들었어. 너와 김은채의 사정."

"그렇구나. 근데 용케도 허락했다. 사실 지영이 너 되게 싫어했거든."

"난 아직 이유를 잘 모르겠던데? 왜 그랬지?"

"음… 연예인에 대한 선입견이 있었나 봐. 네가 나를 가지고 놀다 버릴지도 모른다는, 그런 생각이 자꾸 들었대."

"쓸데없는 생각을 했네."

"그러니까. 헤헤, 우리 지영인 이렇게 듬직하고, 다정하고… 변하지 않는 아이인데."

"……."

"그래도 뭐, 다행이다. 이제는 언니도 인정해 줬으니까."

피식.

인정이라…….

김은채의 인정?

웃음이 안 나올 수가 없었다.

"그게 그렇게 되나?"

"그럼? 그게 그렇게 되는 거지, 헤헤."

톡톡, 그러면서 자신의 옆을 손으로 가리켰다. 지영은 망설임 없이 의자를 들고 그녀의 옆으로 갔다. 지영이 의자에 앉자 은채는 양팔을 활짝 벌렸다.

"안아줘."

"……."

지영은 말없이 은채를 안았다.

따뜻함이 느껴졌다.

떨림도 느껴졌다.

불편한 상태로 서로를 안았지만, 감정은 고스란히 서로에게 전달됐다. 한 5분쯤 지나자 은재의 떨림이 멈췄다. 그리곤 고개를 살짝 틀더니 지영의 귀에 대고 속삭였다.

"오늘 밤… 나 재울 거야?"

피식.

그 장난 가득한 말에 지영은 그냥 피식 웃고 말았다. 유쾌하고, 너무나 따뜻한 아이. 근 5년 간 지었던 미소를 단 한 시간만에 넘어선 것 같았다.

"응, 재울 건데?"

"이씨……."

안았던 팔을 풀면서 지영이 그렇게 말하자, 투정부리듯 입술을 내밀었던 은재가 다시 배시시 웃었다. 그러더니 눈을 감고 입술을 쭉 내밀었다. 사랑, 너무나 사랑스러운 미소와 행동이라 지영은 온 세상에 환해지는 것을 느꼈다.

물론, 환상이었다.

물론 지영에게는 환상도, 착각도 아니었다. 그날 밤, 많은 얘기를 나눴다. 시시콜콜한 대화부터 정말 진지한 대화까지, 밤을 새우면서 대화를 나눴다. 그렇게 밤새 대화를 나누고, 아침을 먹고 지영은 아쉽지만 숙소로 돌아왔다. 밤을 새고 들어온 지영을 다른 팀원들이 좀 의심스럽게 바라봤지만 뭘 하고 왔냐고 묻진 않았다.

점심을 먹고, 바로 출발했다.

가는 길에 발코니에 나와 있던 은재가 손을 흔드는 게 보였다. 지영은 그 모습에 다시 미소를 그렸다.

먼저 출발한 류승현 감독에게 도착했다는 메시지가 왔다. 촬영 준비를 하고 있으니 조심히 오라는 메시지였다.

함메르페스트에서 이틀을 더 달려, 촬영 막사가 세워진 장소에 도착했다. 차에서 내린 지영이 처음으로 느낀 건 세상과 동떨어졌다는 느낌이었다. 그렇게 하얀 세상을 구경하고 있는데 현장 스태프들과 얘기 중이던 유해준이 지영을 발견하곤 바로 다가왔다.

"여, 강 배우. 왔어?"

"선배님, 좀 늦었습니다."

"늦기는, 이틀이나 일찍 왔는데… 허헛. 그런데 여기 죽인다. 이런 곳은 어찌 찾았대?"

"저희 직원들이 찾았어요. 옛날에 한번 와봤는데 딱 대본에 맞는 곳이라고 추천해 줬거든요."

"그래? 그 직원 보너스 좀 두둑하게 줘야겠는걸? 허헛."

소가 심벌인 메이커의 아웃도어 장비와 옷으로 무장한 유해준은 이 추운 곳에서도 사람 좋은 미소를 잃지 않고 있었다.

"밤에 안 추우셨어요?"

"요즘 기술이 얼마나 좋은데? 옛날에야 이런 데서 촬영하면 개고생이었지만 지금은 지원도 빵빵해서 엄청 좋아. 심지어 식단도 한국식이다?"

"진짜요?"

"그래, 대성이 아주 작정하고 지원해 주던데? 재료도 전부 한국에서 공수해서 아침 점심 저녁으로 아주 행복해 죽겠다, 하하."

"다행이네요."

촬영장의 분위기는 영화 전반에 걸쳐 큰 영향을 미칠 수밖에 없었다. 특히 이런 추운 곳에서의 촬영은 스태프들의 의욕을 아주 빠르게 떨어뜨린다. 춥지, 몸은 무겁지, 거기다 잠자리에 불편하고 식사까지 별론데 누가 의욕 있게 준비를 할까?

"그래도 밖은 추우니까, 자자, 들어가서 얘기하자고."

"네, 그럴까요?"

"그래, 그러자고. 저기 저게 강 배우 숙소."

텐트라기 보단, 뭐랄까… 아예 컨테이너를 통째로 갔다가 놓은 것 같았다. 안으로 들어가니 퀴퀴한 냄새도 안 나고, 그냥 집 같았다.

"워……."

"장난 아니지? 허헛."

"네, 이야. 진짜 장난 아니네요."

신발 벗는 곳이 따로 있었고, 바닥에는 부드러운 러그가 온통 깔려 있었다. 게다가 바닥에 대체 무슨 짓을 한 건지 온기까지 느껴졌다.

"노르웨이가 워낙에 춥잖아? 요즘 이 지역 이렇게 숙소 쓴다고 해서 직접 의뢰했지. 이거 여기다 설치하는 데 이 주 걸렸다던데?"

"이 주면 빨리 설치한 거 아닌가요?"

"그렇기야 한데, 난방 기능까지 했잖아? 이게 어디 발전기 한두 개로 되겠어? 허헛, 근데 뭐 이런 거야 대성에서 다 알아서 준비해 준 거니까 우린 고맙게 쓰기나 하자고."

"그럴까요, 하하."

지영은 유해준의 넉살에 기분 좋게 웃고는 냉장고를 열어봤다. 맥주부터 주스, 커피, 물까지 없는 게 없었다. 심지어 보드카에 소주까지 있었다. 지영의 시선은 소주에서 잠시 멈춰 있었다.

"하나 딸까?"

"벌써요? 워워… 선배님이랑 술 마시면 진짜 죽을 것 같아요."

"허헛, 뭘 그 정도 가지고 그래?"

유해준은 빙그레 웃으며 그렇게 말했지만 지영은 진심이었다. 지영도 술을 못하는 건 아니었다. 오히려 정신력이 남달라 웬만해서는 취한 모습을 안 보여줄 자신이 있는데, 유해준은 그 급을 넘어섰다.

차원이 다른 주량, 소주 다섯 병을 마시고도 얼굴만 붉어질 뿐이었다.

끼익.

"여, 지영 씨."

류승현 감독이 문을 열고 들어섰다.

"아, 감독님. 죄송합니다. 먼저 찾아갔어야 했는데."

"됐어, 뭘. 보나마나 해준 형님한테 잡혀왔겠지."

"이야, 류 감독 귀신인데?"

유해준이 그 말을 받자 푸하핫. 바로 웃음이 터졌다.

"그건 뭔가요?"

"이거? 제육볶음. 한잔해야지?"

"아… 감독님도 오자마자 술타령이세요?"

"낼모레부터 촬영이니까, 오늘이랑 촬영 끝나고 밤에 시간 없잖아? 이런 곳에서 먹는 술은 또 그만큼 분위기가 있는 법이야. 형님, 괜찮죠?"

류승현 감독이 그렇게 묻자, 유해준은 씨익 웃으며 대답했다.

"허헛, 내가 이럴 때 자주 하는 말은?"

"불감청일지언정고소원이라."

둘이 그렇게 합창하듯 대답하더니만 순식간에 술상을 차렸다. 제육볶음과 밑반찬 몇 개를 넓은 식탁에 깔고, 유해준은 얼른 종이컵과 일회용 수저, 젓가락을 챙겨 왔다. 지영은 고개를 절레절레 젓고는 냉장고에서 술을 꺼내 올렸다.

술상은 그렇게 순식간에 차려졌다.

꼴꼴꼴.

종이컵 가득 투명한 소주가 따라졌다.

"자, 무사 촬영을 위하여!"

위하여.

잔을 부딪친 지영은 소주를 마셨다.

"크으. 자, 강 배우."

"으음, 감사합니다."

유해준이 집어준 제육볶음을 받아먹은 지영은 눈을 동그랗게 떴다. 간은 간대로 딱 맞았고, 고기의 육질도 진짜 부드러웠다.

"흐흣, 어때. 죽이지?"

"네, 와… 장난 아니네요?"

"그치? 모시고 온 식당 이모 솜씨가 아주 그냥, 죽는다. 죽어. 허헛!"

정말 농담이 아니라 장난 아니었다.

창밖으로 살살 떨어지는 눈을 경치 삼아 마시는 술은 또 다른 매력이 있었다. 그렇게 몇 순배가 순식간에 돌았다.

"참, 승연 형은요?"

"요즘 주가 올랐잖아? 걔 벌써 물 들어와서 노 젓는다고 광고 하나 찍고 들어온대. 아마 내일 저녁 쯤 도착할걸?"

"오, 좋은 일이네요."

"이게 다 강 배우 파워 덕분이지, 허헛."

유해준의 말에 지영은 그냥 웃고 말았다.

확실히 지영의 파워는 엄청나긴 했다. 제작 발표회 때 한 저격 발언이 조금 문제가 되긴 했지만, 그것도 그것 나름 엄청난 반응을 불러일으켰다. 특히 지영이 테러리스트 태석 역을 한다는 부분에서 진짜 용감한 행동이라고 백에 구십구가 박수를 쳤다. 트라우마로 남고도 남았을 그날의 테러를 극복하고, 그때 당시 느낀 감정을, 메시지를 보내겠다는 그 용기 있는 행동은 솔직히 아무나 못 할 거라는 의견이 지배적이었다.

그래서 더욱더 이번 작품 '테러리스트'는 아직 촬영 전인데도 각 커뮤니티에서 화제가 되었고, 툭하면 검색어를 점령하는 기염을 토했다.

그리고 그럴수록 지영은 물론 함께 출연하는 배우들의 주가가 수직으로 상승했다. 가장 많은 수혜를 받은 배우는 역시 걸그룹 멤버인 한사랑이었다. 임수민도 상당한 연기파라 연기에만 집중하는지라 CF는 잘 안 찍었고, 유해준도 마찬가지였다. 지영은? 오직 은정 백화점 CF만 찍는 그녀였다. 그러다 보니 기업들의 관심은 한사랑에서 몰렸고, 과할 정도로 거의 모든 CF를 한사랑이 독식하고 있었다.

하지만 아무도 그런 상황에 불만을 품거나, 뭐라 하는 사람은 없었다. 이들은 아주 중요한 법칙들을 알고 있었기 때문이다.

인기는 얻는 것보다, 지키는 게 어렵다.

올라서는 건 어렵지만, 떨어지는 건 한순간이다.

그렇기 때문에 이들은 자신의 폼을 유지하는 데 집중하지, 그 인기를 누리는 데 집중하지 않았다. 류승연은 어쩔 수 없이 대성 계열 CF를 찍어줬다. 원래 그도 그렇게 CF를 자주 찍는 배우는 아니었다.

다시 술이 몇 순배 돌았다.

한 병, 두 병, 세 병…… 두 시간도 안 지났는데 벌써 소주가 열 병 가까이 쌓였다. 취기가 확 올라왔지만 지영은 그만 마시겠단 소리는 하지 않았다. 이 경험, 어쩌면 두 번 다시 하기 힘든 경험일 수도 있었기 때문이다. 창문을 열자 시원함을 품은 맑은 공기가 안으로 들어오며 취기를 살살 식혀줬다.

소주가 각 다섯 병씩 쌓이자 찬란한 밤하늘이 펼쳐졌고, 술자리가 끝났다.

내일 보자며 멀쩡하게 걸어 나가는 유해준을 보며 지영은 고개를 절레절레 저었다. 진짜 주량 하나만큼은 대단한 사람이었다. 지영은 술상을 정리하고, 간단하게 씻은 다음 침대에 누웠다.

폰을 꺼내보니 여러 사람에게 온 메시지가 와 있었다.

임미정, 강상만은 잘 도착했냐고 물었고, 송지원은 혼자 멋진 데 가니 좋냐고 투정 부리고 있었고, 그 외에도 여러 메시지가 와 있었다. 일일이 답장을 보내는데 지잉, 새로운 메시지가 왔다.

[나야, 이거 내 번호야. 저장해. 내 여자♡, 내 사랑♡, 공주님♡, 은재마마♡, 이 중 하나로!]

피식.

은재는 진짜 하나도 변하지 않았다.

그래서 안심이 됐다. 반대로 대견하기도 했다.

자신의 신세는 진짜, 드라마나 영화 속에서나 나올 법한 신세인데도 저런 마인드를 유지하고 있다는 게 말이다.

그래서 한참을 은재와 메시지를 나누던 지영은 12시가 지나서야 잠에 들었다.

＊　　　＊　　　＊

이틀 뒤.

휘이잉.

칼바람이 몰아치는 스칸디나비아산맥의 중턱에 오른 지영은 장난 아닌 바람에 인상을 잔뜩 썼다. 북극해에서 몰려오는 바람은 진짜 인정사정없었다. 산맥 아래에서 맞던 바람과는 정말 차원이 달랐다.

"워… 이거 이러다 동태 되겠는데?"

"선배님, 힘드세요?"

"보온 기능이 좋아서 버틸 만은 한데, 입이 얼었어. 발음이 잘 안 될 것 같아."

"그건… 저도 그러네요."

머리부터 발끝까지 다른 곳은 완전 무장해서 괜찮은데 얼굴만큼은 예외였다. 거친 상남자 분장 속에 선크림과 수분 크림을 잔뜩 발라 피부가 따갑지는 않았지만, 입 쪽이 문제였다. 입술은 어떻게 추위에 보호할 방법이 없었다. 입이 얼면 대사를 쳐야 할 때, NG가 올 가능성이 매우 높았다.

보온 팩을 입술 주변에 대고 있는 지금이야 괜찮긴 한데, 이따가 액션 사인이 떨어지고 난 뒤가 문제가 될 것 같았다.

"형님, 괜찮아요? 지영 씨는?"

"야, 이거 오래 못 버텨. 가능한 빨리 끝내고 내려가야겠다. 날씨가 이러면 영상과 배경은 죽이겠지만 이러다 강 배우 몸 탈나면 말짱 꽝이다."

유해준은 이 순간에도 지영을 챙겼다.

지영이 괜찮다고 말하려는 순간, 이번에도 먼저 유해준이 선수를 쳤다.

"나야 이제 연기할 만큼 했지만 우리 강 배우는 아니잖아? 앞으로 나라를 빛낼 배우가 될 아인데 이런 데서 몸 상하면 되겠어? 나도 어떻게든 한 방에 끝낼 테니까, 류 감독도 좀 너그럽게 봐주라."

"음… 그렇게 하겠습니다. 바로 준비할까요?"

"오케이, 그러자고."

"자, 자! 날씨가 그지 같으니까 우리 한 방에 갑시다! 카메라 위치로, 반사판, 조명이랑 전부 실수 없게끔 부탁합니다! 얼른 끝내고 내려갑시다!"

류승현 감독은 그렇게 스태프들을 다독이곤 두 사람을 바라봤다. 지영은 유해준과 함께 정해진 위치로 가서 섰다.

휘이잉!

바람 소리가 살벌하게 들려왔지만 지영은 그 소리를 신경도 쓰지 못했다. 머릿속에, 밝게 웃는 한 사람이 떠올랐기 때문이다.

'누나, 오래 걸렸지만 이제부터 시작이야.'

햇수로 6년이 된 지금에서야 지영은 다시금 카메라 앞에 섰다. 그래서 그런가? 감개가 무량했고, 서소정의 꿈을 대신 이루어줄 수 있단 생각에 가슴이 설레었다. 그래서 지영의 얼굴은 꽤나 복잡했다. 그런 지영에게 유해준이 손을 슬쩍 내밀었다.

"한 방에 가자고."

"네, 선배님."

툭.

주먹을 부딪치고, 감정을 잡기 무섭게 사인이 떨어졌다.

"레디… 액션!"

자박, 자박자박.

거칠게 눈보라가 몰아치는 설산을 내려오던 태석은 잠시 걸음을 멈추고 산봉우리를 바라봤다. 눈으로 덮인 산은 윤곽만 흐리게 보일 뿐, 원하는 모습을 보여주진 않았다. 마스크를 벗고 입술을 질끈 깨문 태석은 산봉우리를 노려봤다. 툭툭, 옆에 있던 조장철이 그의 팔을 쳤고, 태석은 다시 마스크를 쓰고 하산하던 걸음을 재촉했다.

휘이이잉!

선글라스를 끼지 않아 보이는 눈빛엔 독기가 가득했다. 무엇이 그의 눈에 그리 참담한 독기가 스며들게 만들었을까?

복수?

정의?

신앙?

"흐으으……"

마스크 사이로 새어 나오는 입김은 마치 그의 눈빛에 담긴 독기가 가득 차다 못해 넘쳐 흘러나오는 것 같았다.

"컷! 좋습니다!"

류승현 감독의 말이 떨어졌지만 지영은 걷던 걸음을 멈췄을 뿐, 눈빛에 가득한 독기는 빼지 않았다. 카메라 앞에 선 지영은 완전히 다른 사람이었다. 지영은 이번엔 기억 서랍을 열지 않았다.

자신이 테러의 희생자이니 굳이 열 필요가 없었기 때문이다. 그런데 본인의 경험을 바탕으로 연기에 들어갔음에도, 장난 아니었다.

"어으……."

눈빛에 담긴 감정 때문에 유해준이 그를 봤다가 흠칫 놀라고는 큼큼, 헛기침을 하곤 류승현 감독에게 다가왔다. 지영은 그 모습을 보다가 고개를 털어 감정을 일단 씻어내고는 확인을 위해 다가갔다.

카메라 속 배경은 끝내줬다.

조금도 손대지 않았는데 거친 눈보라가 몰아치는 산은 극 중 태석의 성향을 아주 제대로 표현해 주고 있었다.

차갑고, 거칠다.

차갑다는 단호하다는 것이고, 거칠다는 것은 수단과 방법을 가리지 않는다는 뜻이다. 극 중 태석의 모든 움직임은 그 두 가지를 중심으로 움직였다. 물론 맹목적인 기계처럼 움직이진 않는다. 만약 그랬다면 지영이 이 추운 산까지 와서 이러고 있을 이유가 조금도 없었다.

"좋은데?"

"그러네요. 처음엔 빛이 좀 섞여 들어가길 바랐는데 이렇게 무채색 느낌의 배경도 제법 그림이 좋네요."

류승현 감독은 영상을 확인하고는 자리에서 일어나 현지 전문가에게 앞으로 기후 변화에 대해 물어봤다.

"날씨가 좀 갤까요?"

"노노, 더 안 좋아질 거야. 개인적인 의견을 묻는다면 나는 오늘은 여기서 끝내야 된다고 생각해. 봐. 해가 산 끝쯤에 있지? 곧 해가 질 거고, 그러면 하산에 문제가 생길 가능성이 매우 높아."

"흠……."

사실 저세 등장 신의 전부는 아니었다.

설마 이거 하나 찍겠다고 여기까지 왔을까?

이곳에선 시작과 마지막을 찍어야 했다.

'얼어붙은 대지에서 등장해 얼어붙은 대지에서 퇴장한다.'

이게 임수연이 태석에게 준 일종의 사명이었다.

우릉.

뇌성이 울리자 류승현 감독은 바로 철수를 지시했다. 눈보라가 심해 지영은 유해준과 먼저 하산했다. 하산은 딱 30분 정도 걸렸다. 애초에 사고 위험 때문에 높은 지대에서 촬영하는 게 아니라 촬영 장소가 가까운 건 정말 다행이었다. 숙소에 도착한 지영은 옷을 벗고 메이크업을 지운 다음 날씨를 검색했다.

"음……."

폭설 경보.

앞으로 이틀간은 살벌하게 눈과 바람이 내릴 거라는 말에 지영은 끙, 앓는 소리를 냈다. 이미 감정을 잡았는데 이틀을 보내게 되면 정신적인 대미지가 상당히 쌓일 것이다. 지영은 좀 전에 잠시 연기를 했을 때 자신의 상황을 확실히 인지했다. 옛날부터 특정 기억 서랍을 열어 빙의와 비슷한 방법으로 연기했던 지영이다. 그건 상상으로 하나의 캐릭터를 만든 다음 그걸 그대로 받아들여 연기하는 것과 방법은 비슷했지만, 상세하게 따져보면 비슷하기만 할 뿐, 애초에 다르다.

지영은 본인이다.

캐릭터가 아니라.

수많은 환생을 거치며 차곡차곡 쌓인, 자신이자 타인들이다. 평소에는 그렇게 유지되지만 서랍을 열게 되면 서랍속의 삶도, 지금의 삶도 전부 강지영이었다. 그래서 힘들었다. 지금도 마찬가지였다.

오년 전, 그 빌어먹을 상황을 상기하면서 지영은 몰입했다. 그랬더니 채 몇 시간이 지나지도 않았는데 멘탈이 너덜너덜해진 것 같았다. 그래서 지영은 차라리 빨리 찍고, 정신을 풀어줬으면 했다.

하지만 빌어먹을 날씨가 그걸 도와주지 않을 것 같았다.

지잉.

[촬영 잘하고 있어?]

은재에게 온 메시지에 지영은 응, 오늘은 일찍 끝났어, 이렇게 답장을 보내고 창밖을 봤다. 이미 어둑해지고 있는 베이스 캠프. 등을 달아놓긴 했지만 사위는 이미 엄청 어두웠다. 지영은 잠시 그 어둠을 보다가 바로 옷을 다시 입고, 밖으로 나갔다. 주변을 두리번거리다가 지나가는 스태프에게 다가갔다.

"다들 철수 끝났어요?"

"아니요. 이제 내려오는 중일걸요?"

"음… 너무 어두운데. 혹시 라이트 있나요?"

"지금 그거 챙기러 가는 중이에요."

"그럼 같이 가요."

아직 5시도 안 됐는데 이미 어둠이 상당히 세상을 잠식했다. 게다가 눈보라에 뇌성까지 쳐대고 있으니 하산은 더욱 힘들 게 분명했다. 게다가 촬영을 위해 장비까지 가지고 내려와야 하는 상황이었다.

미끄러지기라도 하면 진짜 답이 안 나온다. 특히 몇몇 장비는 무게가 상당해서 큰 사고로 번질 위험도 있었다. 지영은 얼른 스태프와 야구 경기장에서나 쓰일 대형 라이트를 옮겨 하산로 쪽에 겨누고 전원을 연결했다.

펑!

정면으로 쏘진 않고 비스듬히 쏘자 조심조심 내려오고 있는 스태프들이 보였다. 라이트가 길을 비추자, 안도한 스태프들의 하산이 빨라졌다. 30분 정도 더 걸리긴 했지만 그래도 다행히 다들 무사히 내려왔다.

마지막으로 내려온 류승현 감독이 고개를 절레절레 저었다.

"와, 산 진짜 지랄 맞네. 지영 씨, 고마웠어요."

"뭘요. 다친 사람들은 없죠?"

"네, 그럼요. 하하."

류승현 감독은 장비를 점검한다며 갔고, 지영도 다시 안으로 들어왔다. 들어가자마자 폰을 확인해 보니 은재에게 답장이 와 있었다.

[눈 많이 오지? 촬영 조심해서 해!]

정신적으로 받았던 대미시가 조금씩 녹아내리는 게 느껴졌다. 덜컹, 덜커덩! 창문이 바람에 정면으로 얻어맞아 비명을 지르고 있었다.

"와⋯⋯."

장난 아니었다.

한국에서의 폭설은 정말 폭설도 아니었다.

대자연이 만들어낸 경이롭다 못해, 신의 진노처럼 느껴지는 눈보라에 지영은 마음이 이상하게 차분해지는 걸 느꼈다. 1시간이 더 지나자 이제는 라이트 빛으로도 감당이 안 되는 어둠이 찾아왔다.

눈보라는 여전했다.

아니, 훨씬 심해졌다.

쿵쿵, 끼익.

"여, 강 배우. 한잔해야지?"

"⋯아하하."

그리고 유해준이 마치 당연하다는 듯이 또 안주를 들고 찾아왔다. 지영은 그런 유해준의 행동에 난감하게 웃었지만 바로 일어나서 상을 차리기 시작했다. 어차피 이틀간은 꼼짝도 못 할 거란 예보가 있었으니 오늘은 마셔도 될 것 같았다. 그리고 사실 싱숭생숭하기도 했다. 너무 오랜만에 카메라 앞에 섰기 때문이다. 뭐, 제작 발표회와 은정 백화점 CF도 찍었지만 영화 촬영은 역시 뭔가 기분이 달랐다.

그런 마음을 술로 푸는 건 별로 좋은 방법은 아니나, 차차선 책쯤은 될 수 있었다. 술상은 금방 차려졌다.

"자아, 짠. 무사 촬영을 위하여!"

유해준의 싱글싱글한 건배 제의를 시작으로 또 그렇게 술과 함께하는 밤이 깊어갔다.

*   *   *

눈은 일기예보와는 다르게 일주일이나 몰아쳤다. 제설 작업을 안 하면 걸어 다니는 것도 힘들 정도였다. 다행히 노르웨이 제설 작업 차량은 성능이 매우 좋았다. 1시간만 움직여도 베이스캠프의 눈을 전부 정리할 수 있을 정도였다. 물론 비용은 상당히 나왔지만 든든한 투자사들이 있어 돈 걱정은 별로 하지도 않았다.

일주일이 지나자 거짓말처럼 하늘이 개였다. 촬영은 주변 정리에 하루를 더 쓴 이후부터 다시 시작됐다.

태석의 등장은 다각도에서 촬영했다. 또한 이곳에서 매 순간

마다 회상 장면으로 쓰일 샷들을 추가로 촬영하다 보니 다시 삼 일이 훌쩍 지났다. 류승연과 마지막 신을 찍고 나자 하루가 더 지났다.

베이스캠프를 정리함과 동시에 지영은 바로 다시 함메르페스트로 이동했다. 고작 4일간의 촬영으로 지영은 완전히 녹초가 됐다.

심력 소모는 물론 눈밭에서의 이동은 강렬한 해가 작렬하는 사막과는 또 다른 고역이었다.

차에서 자고, 중간에 숙소에서 자고, 다시 또 차에서 자면서 체력을 회복했다. 함메르페스트에 도착했을 때에야 지영은 어느 정도 체력을 회복했다.

여기서부터는 함께 이동이라, 숙소에 짐을 풀고 좀 쉬면서 후발대를 기다려야 했다. 노르웨이에서의 촬영은 이걸로 끝이 아니었다. 이 나라의 수도, 오슬로에서 추격 신을 찍기로 했다. 그리고 이동 중 배경이 아름다운 곳이 있으면 혹시 몰라 더 촬영을 하기로 이미 일정을 잡은 상태였다.

지영은 숙소에서도 한숨 자고 나서, 초저녁에 은재를 찾아갔다. 며칠 전보단 혈색이 상당히 돌아온 은재가 지영을 반겼다. 배시시 웃는 그녀의 모습에 지영은 피로가 조금씩 녹아감을 느꼈다.

"잘 갔다 왔어?"

"응, 몸은 어때?"

"좋아, 통증도 많이 가셨어."

"병원은?"

"갔다 왔지. 호호, 수술 잘됐대."

"음… 정말 다행이다."

지영은 휠체어를 밀어 거실로 들어가며 간단한 안부를 물었다. 지영이 익숙해진 그녀의 경호원들이 거실에 있다가 그가 들어서자 자리에서 일어나 가볍게 묵례를 해왔다. 처음에는 은재를 억압하고 있는 줄 알고 있었기 때문에 그리 좋은 기분은 아니었지만, 그게 오해라는 걸 알게 되자 지영은 이들에게 감사함을 느꼈다.

이 먼 곳, 지구 반대편까지 건너와 은재를 도와주고, 지켜주는 고마운 사람들이었다.

"차 내올까요?"

"부탁드릴게요."

그중 가장 선임인 유선정의 말에 지영은 가볍게 고개를 끄덕이며 대답했다.

둘만의 시간을 위해 다른 사람들은 전부 방이나 2층으로 올라갔다. 은은한 조명 아래 은재의 모습을 빤히 보던 지영은 그냥 피식 웃었다.

이유는 없었다. 그녀를 바라보고 있는 것만으로도 그냥 웃음이 나왔다.

"왜 웃어?"

"그냥, 좋아서."

"호호, 요즘 제법 예쁜 말 잘하는데? 배운 거야? 아님 원래 그랬던 거야?"

"솔직해진 거지."

"그래? 흐흐."

음흉한 웃음소리지만, 눈가에는 장난기가 머물러 있었다. 그런 은재는 갑자기 지영을 빤히 바라봤다. 정확히는 눈이었다. 고개를 잠시 갸웃거렸던 은재가 조심스럽게 입을 열었다.

"무슨 일 있었어?"

"아니, 왜?"

"눈빛이… 좀 무서워. 독기가 아직 안 빠진 것 같아."

"음……."

지영은 잠시 주변을 두리번거리며 거울을 찾았다. 확실히 은재의 말이 맞았다.

거울로 보이는 자신의 눈빛은 딱 서소정의 복수를 위해 움직이던 당시의 눈빛이었다. 독기 플러스에 얼음장같이 냉정했던 자신의 모습. 딱 그 모습 말이다. 은재는 그런 눈빛을 금방 알아봤다.

"미안."

"아니야. 나한테 미안할 게 뭐 있어? 오히려 지영이 네가 힘들지."

"역할의 직업 때문인가. 좀 지치긴 하네."

"후후, 순순히 인정하는 모습 좋아."

유선정이 차를 내오고 자리를 비키자, 지영은 능숙하게 두 개의 잔에 차를 따랐다. 이번엔 저번에 마셨던 차와는 다른 차였다. 바삭한 쿠키를 하나 집어 먹으니 좀 기분이 풀리는 것 같았다.

"한국은 언제 가?"

"아직 정해지진 않았어. 후발대 오면 같이 움직일 거야. 그리고 은재야."

"응?"

지영은 여기 오면서 고민했던 말을 꺼냈다.

"한국 가자."

"……."

지영의 말에 은재는 또 배시시 웃었다.

그녀가 왜 한국에 언제 가냐고 물었을까?

자신도 데려가라는 간접적인 표현이었다.

지영은 그걸 본능적으로 알아차렸다. 그리고 솔직히 지영도 은재와 다시 만났는데, 이렇게 헤어지기는 죽기보다 싫었다. 솔직히 은재를 보러 왔을 때도 이미 마음의 결정은 내린 상태였다.

김은채에 앞으로도 계속 은재를 맡긴다?

'농담도……'

내 사람은, 내 여자는 자신의 손으로 지키는 마인드가 철저하게 박혀 있는 지영이었다. 그래서 앞으로 두 번 다신 은재를 혼자 두지 않을 생각이었다. 지영의 말에 은재의 얼굴에 미소가 점차 번지기 시작했다.

"그 말 기다렸어. 역시 내 남자. 센스가 좋아."

"……."

은재는 그렇게 대답하곤 눈물 한 방울을 주룩 흘렸다. 그러
곤 또다시 밝게 웃었다. 해를 닮은 미소였다.

Chapter45
포기하지 않은 자의 손길

오슬로(Oslo).

유틀란드 반도의 사이에 있는 스카게라크(Skagerrak)해협으로부터 약 100㎞ 만입한 곳에 있는, 인구 60만이 조금 넘는 노르웨이의 수도다. 얼지 않는 해협을 가진 탓에 옛날부터 바다 무역의 허브로, 지금까지 꾸준히 성장한 노르웨이의 중요하고도 아름다운 도시였다. 또한, 노르웨이 정치와 경제의 중심 도시이기도 했다. 그리고 이곳이 '테러리스트'의 두 번째 로케 장소이기도 했다. 류승현은 도착과 동시에 관계자 몇과 오슬로 로케를 위해 관련 청을 방문하러 갔고, 나머지는 숙소를 잡고 휴식에 들어갔다.

함메르페스트에서 오슬로까지 오는 동안, 갑자기 합류한 은재를 보고 촬영 팀은 깜짝 놀랐다. 하지만 곧 그가 지영이 납치 후 집중 조명 받던 강지영의 연인이라는 사실을 알고는 고개를 끄덕였다.

그 이후는 환영받았다.

지영은 이제 스무 살이지만 그를 진짜로 스물 살처럼 생각하는 사람은 사실 촬영 팀 내에 아무도 없었다.

어른스럽단 말로도 설명이 안 될 생각의 깊이 때문에 사실 어려워하는 사람까지 있을 정도였다.

게다가 가끔 가다 보이는 칙칙한 다크 포스는 보고 있는 사람들마저 감염시킬 정도로 짙었다. 그런 그의 연인.

사람들은 혀를 내둘렀다.

끼리끼리 논다는 말이 딱 생각날 정도로 그들은 은재의 행동에 놀라고 말았다. 다리가 불편한데도 얼굴에 조금의 그늘도 없었다. 그리고 그녀는 항상 예의 바르면서도 스스로를 낮추지 않았다. 지영과 어떤 점에서는 정말 판박이처럼 느껴졌기 때문에 그냥 둘이 천생연분이라며 고개를 끄덕이는 사람들이 늘어났다.

은재에 대한 수발은 지금까지 해왔던 그녀의 경호 팀이 맡았다. 절대 폐를 끼치지 않게 행동해서 낯선 이들이 끼었음에도 촬영 팀은 조금도 불편하지 않았다. 아니, 오히려 활기가 생겨났다. 왜? 은재의 경호 팀은 전원 여성이었기 때문이었다. 영양을 포함한 스케줄 전체를 짜는 유선정의 나이도 이제 사십 초반이지만 관리를 잘한 탓에 서른 후반으로밖에 보이지 않았다. 경호원들은 더욱 어렸다. 스물 후반에서 서른 초반. 게다가…

대성그룹 경호 팀 소속들이라 스펙은 물론 인성도 훌륭했다. 게다가 외모도 다들 기본 이상이었다.

그래서 촬영 팀의 총각들은 항상 스쳐갈 때마다 힐끔힐끔 쳐다봤다. 이러한 것들은 분위기 업으로 이어졌다.

은재는 그래서 더욱 환대를 받았다.

특히, 한정연과 이성은 은재를 몇 번 본 적이 있었다. 그래서 그런지 그녀들은 은재를 엄청 챙겼다. 원래 낯을 잘 안 가리는 은재였지만 두 사람이 먼저 다가가자 금세 촬영 팀 분위기에 적응했다.

그렇게 은재도 적응을 잘 끝냈고, 지영은 걱정 없이 촬영 준비에 들어갔다. 하지만 관련 청에 다녀온 류승현은 당장 촬영은 힘들다는 말을 전했다. 눈이 너무 와 원래 찍기로 했던 도로가 지금 정비 중이었기 때문이다. 차량은 물론, 폭발물, 그리고 추격 신까지 있어 길이 정비가 안 되면 대형 사고로 이어질 수 있었기 때문에 3일을 더 기다려야 했다. 근데 3일이 지나도 확실히 촬영을 할 수 있다고 장담하기는 어려웠다. 함메르페스트에서 오는 동안 멈춰 있던 눈발이 다시금 거세지고 있었기 때문이었다.

그래서 때아닌 휴가가 시작됐다.

호텔 지하, 풀장을 시작으로 도시 관광 등 저마다 각자의 방식으로 휴식을 즐기기 시작했다. 지영은?

호텔 방에 콕 처박혀 있었다.

나갈 수 있는 입장이 아니었다. 지영의 인기는 호텔에 들어

오면서도 엄청났다. 카운터 여직원이 지영을 보고 입을 쩍 벌리곤 말을 버벅거렸을 정도였다. 교육받은 그녀가 그 정도였는데 당시 로비에 있었던 사람들은 어땠을까? 개인 프라이버시를 중시하고, 웬만해서는 차가운 태도를 유지하는 사람들까지 지영을 알아보고 호들갑을 떨었을 정도였다. 그래서 지영은 나갈수가 없었다.

그리고 사실 나갈 마음도 없었다.

예전에도 그랬지만 지영은 웬만해선 휴식 때 아무것도 하지 않는 걸 즐겼다. 휴식은 말 그대로 휴식.

복잡한 생각도 멈추고, 오직 휴식.

특히 지금은 영화 촬영 중이기 때문에 지영은 다른 곳에 힘을 소진하지 않으려고 했다. 하지만… 김은채가 그걸 허용해주지 않았다.

늦은 밤, 은재를 방으로 보내고 노르웨이의 야경을 보며 맥주를 홀짝이던 중에 걸려온 김은채의 전화 때문이었다.

―은재를 보호할 확실한 방법은 생각해 놓고 데리고 들어오는 거지?

"물론."

―말해봐. 나는 들어도 될 자격이 있으니까.

"……"

김은채의 말에 지영은 쓴웃음을 입에 걸었다.

솔직히 말하자면 김은채에 대한 감정은 아직도 그리 좋은 편이 아니었다. 특정 개인에게 품었던 악감정이 하루아침에 좋아질 수는 없는 법이었다.

"일단 경호원을 늘릴 거야."

─그 정도는 나도 할 수 있었어. 그런데 왜 내가 굳이 그곳까지 은재를 보냈겠냐?

"몇 명 늘리는 정도가 아니라, 경호 업체를 아예 고용할 거야."

─음, 그건 좀 괜찮네.

단순히 몇 명 늘려서 은재에게 향하는 악의를 막을 수 있을 거란 생각은 지영도 하지 않았다. 그래서 지영이 생각한 게, 아예 업체 하나를 고용해서 집중 가드를 부탁할 생각이었다.

돈은 솔직히 얼마가 들어도 상관없었다.

어차피 건물에서 들어오는 수입과 은정 백화점의 통 크다 못해 기네스에도 오를 정도의 파격 계약으로 인해 돈은 물처럼 써도 마르지 않을 테니까. 그러니 금전적인 부담은 없었다. 돈보다 훨씬 중요한 건 은재의 안전이었다.

그리고 은재와 더불어 자신, 그리고 가족까지.

안전에 대한 최대한의 대비를 할 것이다.

그나마 다행인 건 부뚜막을 통해 이제는 김은채가 지칭하는 쌍년을 감시할 수 있게 됐다는 점이다. 아니, 아마 무슨 일이 터지면 김은채가 먼저 알려줄 것이다.

─은재랑 만나면 넌 제대로 데이트도 못 할 거야. 그 쌍년은 분명 은재가 귀국하는 순간부터 너와 은재를 주시할 테니까. 그리고 무슨 짓이든 할 거야. 감당할 자신 있어?

감당?

피식.

지영은 웃음이 나왔다.

김은채는 모른다.

자신이 어떤 인간인지.

복수를 위해 5년을 사막을 떠돌았던 게 본인이었다.

"넌 알 텐데? 날 건드리면… 어떻게 될지?"

─흠…….

"차라리 네가 아는 쌍년에게 전해. 은재의 솜털이라도 건드리는 순간 나와 전쟁을 시작하는 거라고."

─…….

"김은채, 알잖아? 난 하면 한다는 거……. 너는 나랑 비슷한 부류니까. 느낄 거 아냐? 내가 지난 오 년간 어떻게 살아왔을지."

─알아봤지. 재밌게… 살았더만?

큭…….

재밌게?

다른 사람이 지영의 그 시간을 재미라는 단어로 표현했다면 아마 그 사람은 지영에게 영원히 찍혔을 것이다. 하지만 김은채는 공간만 다를 뿐, 지영과는 또 다른 지옥에서 살았고, 살아남았다.

그런 김은채라면, 지영의 그 말을 재미라는 단어를 써서 표현을 할 충분한 자격은 있었다. 그리고 그래서 그녀는 안다. 지금 지영의 말이 결코 허언이 아님을. 그녀는 많이 느꼈다. 생존의 위협에 시달리며 비상식적으로 발달한 감각이 지영에게서 아주 위험한 향을 맡았다. 지영의 기세가 변화는 걸 거의 즉각적으로 알아차리는 걸 보면 확실했다.

"잘 아니 긴 설명 필요 없겠네. 나는 부디… 내가 모든 걸 집어던지고 칼을 뽑아 드는 상황이 오지 않기만을 바랄 뿐이야."

―그건 나도 매우 바라는 바야.

"그럼 됐네. 앞으로 은재에 대해 신경 쓰지 말라는 소린 하지 않겠어. 배가 달라도 너랑 은재는 분명히 이복 자매 지간이니까. 하지만 과한 간섭은 거절하겠어."

―나라고 심심해서 그랬겠어? 어쩔 수 없으니까 그랬던 거지. 니가 은재만 잘 데리고 있어주면 나도 마음 편히 있을 수 있어. 그리고… 내 싸움을 시작하겠지.

"네가 싸우든 말든 그것도 나랑은 상관없어. 나한테 피해만 안 오면 돼."

―피해 갈걸?

"안 가게 해."

피식.

이번엔 김은채가 피식 웃는 게 귀로 들려왔다. 김은채는 역시 김은채다. 지영을 대함에 있어 아직 날이 서 있는 상태였다. 하긴, 지영도 아직 김은채에 대한 감정은 별로였으니 김은채라고 지영에 대한 감정이 그리 좋을 리가 없었다.

―어쨌든, 호언장담했으니 은재 안전에 대한 건 믿을게. 하지

만 은재가 사고라도 나는 날엔… 알지? 나도 네가 대단한 건 알겠는데, 나도 무시는 하지 마. 너보다 할 수 있는 일이 훨씬 많거든.

"끊어."

뚝.

헛소리를 계속 들어줄 필요는 없었다. 솔직히 인정은 한다. 그룹, 개인 차원에서 할 수 있는 일이 많다는 사실은 말이다.

대기업.

엄청난 대기업이다 보니 대성이란 이름이 가진 힘은, 솔직히 어마어마한 수준이다. 그러니 그 힘을 이용하면 지영보다 훨씬 다각도에서 공격을 들어올 수 있었다. 그러나 크게 위험한 수준은 될 수 없을 것이다.

강지영.

단순한 천재 배우가 아니라, 집안 스펙도 만만치 않게 좋기 때문이다. 검찰 조직의 사령관, 검찰총장을 아버지로 뒀고, 승률이 어마무시한 변호사가 어머니다. 게다가 강지영 본인은 그 누구도 모르지만, 환생자다.

결코 쉽게 당할 위치가 아니었다.

'나를 건드리면… 그 누구라도 이젠 참지 않아.'

지영은 창밖으로 내리는 눈을 보면서 그렇게 다짐했다. 참 중2병 같은 다짐이지만, 이 다짐은 결코 가벼운 다짐이 아니었다.

치익.

김은채 덕분에 생긴 짜증으로 결국 담배를 입에 무는 지영. 냉장고에서 맥주 하나를 꺼내 창가에 앉았다.

띵!

근데 앉자마자 벨이 울려 현관으로 가보니 화면 속에 은재가 손을 흔들고 있었다. 피식. 간 지 한 시간도 안 되어 다시 돌아온 은재의 행동에 문을 열어주니 휠체어 바퀴를 굴려 안으로 들어왔다.

"안 잤어?"

"응, 잠이 안 와."

"그래?"

"흐흐, 응. 어, 큼큼! 담배 피웠어?"

은재는 바로 담배 냄새를 맡고는 지영을 올려다봤다. 지영은 미안한 표정을 지었다.

"응."

"흐응, 내 남자 담배도 피우는구나? 어른인데?"

피식.

담배 피우면 어른이란 엉뚱한 논리에 지영이 웃자 은재는 환하게 웃었다.

"괜찮아. 담배도 어차피 기호 식품에서 시작했는데, 뭐. 대신 내 앞에서는 안 피우기다?"

"알았어."

탈취제를 뿌려 냄새를 어느 정도 정리한 지영은 따뜻한 차를 두 잔 타서 은재의 맞은편에 앉았다. 후릅. 차를 마시고 기분이 풀렸는지 방긋 웃던 은재가 말문을 열었다.

"은채한테 전화 왔지?"

"응, 너한테도 왔었어?"

"응, 괜찮겠냐고 묻더라."

"그래? 사실 그 질문 나도 묻고 싶긴 했어."

"진짜?"

"응. 한국은 너나 나나, 위험할 수도 있으니까."

"호호, 괜찮아. 무슨 일이 생겨도 이 먼 타지에 있는 것보단 네 옆에 있을래."

"…그래."

은재의 마음은 확고했다.

작지만, 용기까지 있다.

그 용기 속에는 흔들리지 않는 신념도 같이 자리 잡고 있었다. 솔직히 말해서 보고 배울 점도 많은 게 은재였다.

"그리고 나, 이제 다시 글 써볼라고."

"그래? 잘 생각했어."

"이렇게 앉아서 내 남자가 벌어온 돈만 축낼 수는 없잖아? 그리고 사실 쟁여둔 원고도 좀 있어. 한국 가면 퇴고해서 출판사에 보내볼 거야."

"도와줄까?"

지영이 그리 묻자 은재는 고개를 도리도리 저었다. 입술이 톡 튀어나온 게 슬쩍 뿌난 모습을 은근슬쩍 보여주고 있었다.

"그런 도움은 싫어. 내 실력으로 당당하게 등단할 거야."

"그래, 알겠어."

"나 막 되게 유명한 작가 되면 어쩌지? 방송국에서도 막 연락 오고, 그러면 어떻게 해?"

"어쩌긴? 나가면 되는 거지. 숨어 살 필요 없어. 그렇게 지내게 하려고 한국 가자고 한 것도 아니고."

"진짜?"

"응, 진짜. 우리가 무슨 죄 지었나? 하고 싶은 거 다 하고 살자. 왜 그런 말 있잖아? 한 번 사는 인생 화끈하게 살라는."

"흐흐, 그래야겠다."

은재는 지영의 말에 이번에도 기분 좋게 웃었다.

이후 그렇게 도란도란 얘기를 더 나눴다. 그러다 보니 시간은 어느새 11시가 됐다. 시계를 흘끔 본 은재가 양팔을 쭉 뻗고 기지개를 켰다.

"졸려?"

"흐으응. 응, 이제 졸리네. 나 오늘 여기서 잘래. 침대에 데려다줘."

"……"

바로 이해를 못 해 지영이 눈을 끔뻑거리자 은재가 갑자기 깔깔 웃었다.

"바보야, 농담이야. 나 이제 갈게."

"…사람 놀라게. 데려다줄게."

"흐흐, 미안. 아야!"

지영은 은재의 머리에 딱밤을 한 방 먹여주곤 방에 데려다줬다. 그러곤 다시 방으로 오려고 돌아선 지영은 흠칫, 걸음을 멈췄다. 그리고 그 상태로 복도 끝을 노려보기 시작했다.

은재 때문에 업됐던 기분이 싹 가라앉기 시작했다. 그건 마치 핏기가 가시는 것처럼 서서히, 그러나 점차 빠르게 진행됐다.

"……."

그리고 지영의 눈빛마저 확연하게 바뀌었다. 스칸디나비아산맥에서 테러리스트 태서을 연기할 때, 딱 그 눈빛이었다. 그리고 그 눈빛은 지영이 몇 년간 사막에서 하고 있던, 붉은 눈의 사신이 하고 있던 딱 그 눈빛이기도 했다.

지영은 항상 챙겨 다니는 비상용 호출기를 챙기지 않았다는 걸 자각했다. 그건 지영의 숙소 안, 테이블 위에 올려놨다. 설마 은재를 데려다주는 순간에 이런 상황이 올 줄은 전혀 예상치 못했기 때문이다.

'그래, 한동안… 조용하다 했다.'

그들은 너무 조용했다.

지영은 그들이 포기하지 않았음을 알고 있었다. 그런데 너무 움직이지 않자 마음을 조금 풀어졌다. 은재를 다시 만나며 가슴, 머릿속으로 가득 찬 행복한 감정도 경계심을 누그러뜨리는 데 단단히 한몫했다.

지영은 움직이지 않았다.

잘못 움직이는 순간 총탄이 날아올 수도 있었기 때문이다. 옛날이었다면, 총기가 발견되기 전의 삶에서 이런 순간에 직면

했다면 그냥 방으로 들어가 검이나 도, 창을 잡고 대기했을 것이다.

하지만 이 시대에서는 그게 불가능했다.

현시대의 총기는 공이가 탄두의 뒷면을 때리는 순간, 제대로 겨냥했다면 대상은 이미 죽은 상황이라고 봐야 했다.

그래서 움직일 수 없었다. 지영이 움직이는 순간 뒤통수나 등짝에 총알이 박힐 수도 있으니 말이다.

저 어둠 속에 숨어 있는 자가 움직이는 건, 이 침묵이 끝나는 순간이 될 것이다. 그래서 지영은 움직이지 않았다. 침묵이 깨지지 않았고, 불청객이 숨어 있는 곳을 지영이 바라보고 있으니까.

주륵.

귀 옆으로 땀 한 방울이 주륵 흘렀다.

복도의 훈훈한 난방시스템 때문은 아니었다. 지영은 지금 완전히 긴장해 있는 상태였다. 하지만 의식은 또렷했고, 거칠게 쿵쾅거리던 심장도 제 속도를 찾아가고 있었다. 전투 준비가 아주 깔끔하게 끝나 있는 상태였다.

'이자, 프로다.'

이런 긴장감이 고조되면, 어떻게든 반응이 나오게 되어 있다. 또한 아직 머리 한번 빼지 않았다. 지영이 육감으로 기척을 읽었다면, 상대도 비슷한 방법으로 지금 지영이 자신의 존재를 알아차렸고, 대비하고 있다는 것을 알고 있는 상태가 분명했다.

이런 자가 프로가 아니라면 그 어떤 킬러나 요원도 프로라는 말은 하지 못할 것이다. 지영은 혀가 바싹바싹 마르는 걸 느꼈다.

위화감은 여전히, 그리고 점차 거세졌다. 실제로 육안으로 확인은 안 되지만 저 끝에서, 계단이 시작되는 딱 그 부분에서 뭉게뭉게 살기 섞인 안개가 피어나고 있는 것 같았다. 살심을 품었다?

'요원은 아니야. 그렇다면 킬러……'

암살자다.

지영은 미국이나 다른 강대국은 범인 리스트에서 빼버렸다. 그들이 아무리 미쳤어도 지영을 죽일 생각은 하지 않을 것이기 때문이다. 그렇다면……?

'미친 광신도 새끼들……'

그 새끼들이 고용한 킬러가 분명했다.

지영이 여기 있는지 어떻게 알았냐고?

이미 인터넷에 퍼져 있다.

지영이 영화 촬영을 위해 노르웨이에 왔다는 사실이 말이다. 게다가 SNS에서는 이미 지영이 이 호텔에 숙박 중인 것도 올라갔을 것이다.

이 시대에서는 유명인의 행적을 조사하는 게 이리도 쉬웠다.

따라서 지영은 그런 것들은 고민하지도 않았다. 지금 당장은 저 정체불명의 킬러를 상대해야 했다.

이 간이 쫄깃해지는 대치는 꽤나 오래갔다. 그러면서 속으로 그 누구도, 이 공간으로 오지 않기를 바랐다. 놈은 두 사람의 대치가 만들어 낸 일종의 킬링 필드에 누가 들어서기라도 하면, 서슴없이 그 침입자를 죽일 거라는 걸 알았기 때문이다. 왜? 들어서는 순간, 침묵은 깨지게 된다. 발걸음 소리, 말소리, 기척 그 자체가 침묵을 깰 것이고 놈은 바로 움직일 것이다. 하지만 그렇다고 영원히 이렇게 서 있을 수도 없는 노릇이었다.

스윽.

지영은 한 걸음 물러섰다.

그 한 걸음은 거의 30초에 걸려 진행됐다. 발을 떼고, 천천히 뒤로 빼냈다. 중요한 건 여기서 그 어떤 소음도 일어나선 안 된다는 점이었다. 발끝이 바닥에 닿는 그 순간 정말 다시 뛰기 시작한 심장이 터질 것 같았다.

좌우로 늘어선 객실 문과 문의 거리로 보아 지영의 방은 뒷걸음으로 약 3보 정도 더 가면 도착한다. 하지만 지영은 알 수 있었다. 이게 한계라는 것을. 프로. 스페셜리스트. 이러한 호칭은 괜히 붙는 게 아니었다. 조금이라도 이상함을 놈이 느낀다면 그냥 슥 나와 아마도 소음기가 달린 총으로 지영을 쏴 댈게 분명했다. 몇 발 정도는 피할 수 있을 것이다. 하지만 전부 피할 수 있다고 자신할 순 없었다.

일단… 상황이 정말 더럽게 안 좋았다. 놈은 준비 중이고, 무기까지 있다. 반대로 지영은 아무런 무기도 소지하지 않은 상태에 복도에 덩그러니 서 있는 상황이었다. 입안에 침이 고였지만 지영은 그걸 삼킬 생각도 못 했다.

이 정적 속에서 울대가 움직이며 나는 소음까지도, 놈은 잡아낼지도 모르니 말이다. 물론 말이 안 되는 일이지만 세상엔 종종 그런 말이 안 되는 일이 벌어진다. 또한 요원이나 킬러는 오감이 지나치다 못해 무지막지하게 예민하다. 그건 전부 훈련을 통해 길러낸다. 아주 미세한 기척, 소리, 냄새, 향까지 맡아내는 그런 혹독한 훈련을 통해서 몸에 장착하고, 실전에 써먹는다.

한 발자국 더 물러날까 했지만, 지영은 포기했다.

분위기가, 공기가 변하기 시작했다.

지금까지는 수풀 속에서 눈을 번뜩이는 사자 같은 느낌이었다면, 지금은 당장에라도 튀어나올 준비를 마친 사냥 직전의 사자 같은 느낌이었다. 범인(凡人)이라면 느끼지 못하겠지만 지영은 그걸 아주 확실히 느꼈다.

그래서 지영도 준비를 했다.

'오랜만에… 꺼내보네.'

드륵.

지영도 저기, 저 계단에 숨어 있던 놈처럼 살았던 때가 있었고, 그때의 기억을 뒤집어쓰고 영화를 찍은 적도 있었다.

사십구 호.

감정이 말살됐던 자객이었던 삶의 이름이다.

핏기가 싹 가셨다.

두근거리던 심장에 공급되던 피가 멈춘 건지, 박동이 서서히 내려갔다. 동시에 머릿속을 떠돌던 생각들이 하나씩 정리가 되어, 구석에 처박혔다.

"......"

"......"

5분이었나? 10분? 이 짧고도 긴 대치 속에서, 결국 인내심이 먼저 바닥난 건 킬러였다. 휙! 하고 튀어나오는 순간 지영은 새까만 아가리처럼 보이는 총구를 확인했다.

틱!

퍽!

고개를 비트는 순간 뒤쪽에서 시멘트가 훅 튀었다.

파박!

그 순간 지영은 두 걸음 물러나, 문고리를 잡았다가 급히 났다.

틱!

깡!

그리고 다시 문을 열어 재끼면서 옆으로 몸을 굴렸다.

깡! 깡!

열린 문짝에 탄알 박히는 소리가 아주 적나라하게 침묵을 깨버렸다. 지영은 객실 안으로 들어오는 순간 사실 고민했다. 문을 닫아? 그리고 잠가 버릴까? 그럼 놈은 돌아가든, 아니면 문을 강제로 열든 두 가지의 선택을 할 것이다. 설마 폭탄을 들고 오진 않았을 테니… 아마도 돌아갈 것이다.

'그럼… 또 나를 노릴 거잖아? 미친 광신도 새끼들…….'

씩.

아주 오랜만에, 눈동자에 진득한 살심이 섞이기 시작했다. '테러리스트' 영화를 찍으러 이 먼 노르웨이까지 왔더니 웬걸, 진짜 킬러가 지영을 노리고 쳐들어왔다. 혹시 그럴 수도 있겠단 생각은 했었지만, 진짜 벌어질 줄은 몰랐다.

복도를 뛰어오는 발소리.

지영은 마음을 굳혔다.

'잡는다.'

끼익.

작게 문 열리는 소리가 들리더니 쿵, 철컥, 하는 소리가 동시에 들려왔다. 반대였다. 문을 연 게 아니라 안으로 들어와 문을 닫고, 잠가 버렸다.

'걱정 마. 안 도망가……'

잠시 기다리자 총구만 스윽, 나왔다. 그리고 비틀어지는 순간 지영은 총구를 잡고 아래로 찍어 눌렀다.

틱! 틱!

퍽! 퍽!

두 번이나 연달아 총알이 발사됐고 바닥에 카펫을 터뜨리면서 실밥이 터지게 만들었다. 휙! 총구를 잡은 상태에서 앞으로 훅 잡아당겼더니 킬러가 쭉 끌려 나왔다. 지영은 항상 몸 단련을 잊지 않았다.

훅!

끌려 나온 킬러는 30대 후반에서 40대 초반 정도. 신장은 180 후반대의 백인 사내. 전형적인 금발의 신사처럼 보이지만 눈동자에 비치는 살기를 보면 신사는커녕, 지독한 악마에 가까웠다. 휘릭! 팔꿈치가 꺾여 들어오며 의복이 펄럭이는 소리가 들렸다. 이런 일격은 맞는 순간… 골로 간다.

의식이 저 멀리, 안드로메다로 여행을 떠날 것이고, 다시 돌아오지 못할 것이다. 그만큼 위력적이었지만 지영은 오히려 안으로 파고들며 다른 손으로 손목을 잡고, 총구를 잡은 손과 동시에 비틀어 허리를 집어넣으면서 몸을 돌렸다.

유도의 빗당겨치기와 비슷한 기술이었고, 그 결과 킬러의 몸은 팔꿈치를 휘두르던 힘까지 더해져 예쁘게 하늘을 날았다. 그리고 하늘에 놈의 몸이 떴을 때 총은 손아귀에서 빠져 바닥에 떨어졌다.

놈은 침대에 쿵 떨어졌다가 바로 몸을 뒤집으며 다시 섰다.

스윽.

발로 총을 밟은 지영은 놈을 바라봤다.

"……"

"……"

사십구 호의 기억을 뒤집어쓰고 있어 그런지 지영의 눈빛은 느낌 적으로 거의 무채색에 가깝게 식어 있었다. 물론 아직도 빠지지 않은 핏기 때문에 한쪽 눈동자는 붉은 핏빛이 되어 반짝거리고 있었다.

대화.

필요할까?

이 상황에서?

스윽.

지영은 밟은 총을 뒤로 당기며 다시 한 걸음 물러났다. 스윽. 그러자 놈은 한 걸음 다가왔다. 발밑에 총이 있지만, 그 총은 들 수 없었다. 상체를 숙이는 순간 발이든 주먹이든, 아니면 칼이든 뭐든 날아올 게 분명했다.

그래서 지영은 공간을 만들었다. 다행이라면 놈은 총기를 하나만 소지하고 있다는 점이었다. 딱 봐도 겉멋이 든 킬러는 아니었다. 그러니 총을 더 소지하고 있었다면 진즉에 빼서 쐈을 것이다.

이번엔 놈이 먼저 움직였다.

슥, 스윽. 휙!

쉬익!

발끝이 정강이를 향해 날아왔다.

지영은 오히려 발끝으로 놈의 정강이를 툭 밀었다.

슉!

그러자 이번엔 주먹.

깔끔하다 못해 교본 같은 라이트가 지영의 턱을 노리고 쑥 들어왔다. 탁! 손바닥으로 그 주먹을 쳐낸 지영은 그대로 겨드랑이를 올려쳤다. 아니, 찔렀다. 칼처럼 날카롭게 세운 수도가 겨드랑이 아래 근육을 사정없이 찔렀고, 놈의 인상이 일그러지는 걸 지영은 확인했다.

끝났다.

찔리는 순간 움찔하고 마는 통증에서 끝나지 않으니까. 마비처럼 근경직이 순식간으로 이루어지면 어깨가 일순간 봉해진다.

빡!

그리고 들어가는 미들킥.

으적!

"큽……."

억눌린 신음이 드디어 흘러나왔다.

놈은 실수했다.

총기를 지영에게서 멀리 떨어뜨리기 위해 첫 번째 공격에서 중심이 30%는 무너졌는데 2차 공격을 해왔고, 그것까지 막히면서 틈이 크게 생겼다. 일반인들 싸움이 아니었다. 현실에서 사람을 죽이는 짓을 해왔던 사람들끼리의 싸움이다. 빈틈이 생긴 순간 지영은 놓치지 않았다. 그리고 결과는……?

빡!

이번엔 지영의 주먹이 턱을 올려쳤다. 하지만 단번에 의식을 잃지는 않았다. 이 역시 충분히 훈련을 한 게 분명했다. 그래서 다시 한번 팔꿈치로 미들킥을 갈겼던 옆구리를 때려주고, 박살난 갈빗대에서 올라오는 충격에 본능적으로 가드가 풀리자 지영은 그대로 목을 휘어 감고 이번엔 반대쪽 옆구리에 니킥을 먹였다.

빠각!

"크으……."

상체가 숙여졌다.

끝이 다가왔다.

길게 끌 것 없이 지영은 머리채를 잡아 쭉 당겨 엎어지게 한 다음, 뒤로 올라타 목을 휙! 돌려 버렸다.

두득!

죽지 않을 정도로 목을 돌려 버린 지영은 바로 비상 호출기를 누른 다음, 놈의 사지를 단단히 결박했다.

채 1분, 1분이 지나기도 전에 잠긴 문이 박살 나듯 열리면서 정순철을 포함한 회사원들이 지영의 방으로 난입했다.

"무슨 일……! 으음……."

안으로 들어선 정순철과 회사원들은 바닥에 엎어져서 컥컥거리고 있는 백인과, 그 근처에 떨어져 있는 소음기 달린 글록을 보고는 말을 잇지 못했다. 그들의 입장에서도, 그리고 지영의 입장에서도… 대형 사고가 또 터졌다.

사고, 대형 사고가 뻥! 하고 오슬로에서 터졌다. 정순철은 아주 하얗게 떴다. 핏기가 싹 가신 것처럼 말이다. 그러나 역시 전문가라 그런지 금세 정신을 차리곤 지영에게 연신 죄송하다고 사과하고, 지영을 살폈다. 이후 호텔 투숙객이 놀라지 않도록 조용히 노르웨이 경찰을 불렀다. 10분 만에 출동해 올라온 경찰들은 지영의 객실 상태를 보고는 흠칫 놀랐다가, 정순철의 설명을 듣곤 바로 상부에 연락했다.

그들의 조치는 빨랐다.

정말 엄청 빨랐다.

30분도 안 되어 정장 차림의, 요원 냄새 풀풀 나는 세 명이 도착했다. 그들은 상황을 엄청 빠르게 파악했다. 영화에서처럼 독단을 이용한 자살 같은 건 일어나지 않았다. 그래서 인조 피부를 뜯어낸 뒤, 그의 진짜 안면 사진을 토대로 국제형사경찰협력기구, 인터폴(International Criminal Police Organization: ICPO)에 보냈고, 다시 30분 만에 답신이 돌아왔다.

결과는 재밌고도 놀라웠다.

인터폴에서도 상위에 랭크되어 있는 지명수배자 히트 맨, 쿠삭(Cusack). 그게 놈의 정체였다. 10년 전에 등장해 30여 건의 정치, 경제에 관련된 암살을 실행, 성공시킨, 이쪽 업계에서는 거물 중에 거물이었다.

그런 거물을 지영이 잡아버렸다.

"미치겠네, 와……."

한 회사원의 감탄이었고, 그 감탄은 전염처럼 퍼져 나갔다. 노르웨이 쪽 정부 요원들은 물론 회사원들도 쿠삭과 지영을 번갈아 바라봤다. 인터폴에도 지명수배된 적색 등급의 히트 맨을 단신으로 잡아버렸다.

그것도 상처 하나 없이.

보니까 총까지 있었다.

회사원들과 경찰들이 정신을 차리고 전투의 흔적을 카메라에 담기 시작했다. 그리고 가장 중요한 증거인 총기를 다각도에서 찍었다.

"정말 괜찮으십니까?"

"네. 뭐, 맞지도 않았고요. 그보다… 제 일행들이 좀 안 놀랐으면 하는데요."

"바로 조치하겠습니다."

이제 자정을 조금 넘은 시간이지만 내리는 폭설 때문에 생긴 여유를 즐기는 촬영 팀 중에는 늦게까지 술을 마시는 사람들도 분명 있을 것이다. 만약 지영의 방이 분주하면 와서 볼 것이고, 반드시 좋지 않은 소문이 나돌게 될 것이다. 그럼 은재의 귀에 들어가는 것도 순식간이다. 지영은 그런 일만큼은 피하고 싶었다.

'내색은 안 하지만 그래도 불안한 상황일 테니까……'

지영은 알 수 있었다.

은재가 언제나 밝게 웃는 건, 그만큼 속에 내재되어 있는 불안을 가리기 위한 의도적인 역할도 한다는 것을 말이다.

그런 상황에서 지영에게 이런 암살 기도가 있었다는 걸 알게 되면 아무리 은재라도 그 불안은 겉으로 표출이 될 것이다. 또한 어떤 심정의 변화가 올지 모른다. 지영은 그게 너무 싫었다. 다행히 정순철의 일처리는 빨랐다.

느슨하게 풀어져 있던지라 정작 가장 중요했던 히트 맨 쿠삭은 막지 못했지만, 그에 대한 사죄를 하려는 것처럼 빠릿빠릿하게 움직였다. 솔직히 그들에겐 날벼락이 떨어진 것이나 마찬가지였다. 솔직히 암살 기도가 있을까? 는 예상은 했지만 실제로 벌어질 확률은 높지 않을 것이라 생각했다.

그런데 벌어졌다.

그것도 긴장, 집중하고 있던 상황에서 잠시 마음을 풀어놓은 딱 며칠의 시간 안에, 거하게 터졌다.

이건 시말서 정도로 끝날 일이 아니라는 것을 그들은 전부 깨닫고 있었다. 매뉴얼 중에서도 최악의 사건이 터져 버렸으니 반드시 징계가 뒤따르게 될 게 분명했다. 하지만 그건 그거고, 그들은 지영에게 지금 너무나 미안한 상태였다.

게다가 총기까지 사용됐다.

소음기가 달린, 글록(Glock) 모델이다.

까딱 잘못됐으면?

지금 이렇게 지영의 뒤처리를 해주고 있지도 못했을 것이다. 왜? 지켜야 하는 지영 본인이 이미 차디찬 시체가 되어 바닥에 쓰러져 있었을 테니 말이다.

"후우, 죄송합니다. 정말… 정말 죄송합니다."

정순철이 소파에 앉아 막 담배를 꺼내는 지영에게 다가와 허리를 90도로 숙이며 사과를 했다. 그 사과에 지영은 쓴웃음을 지었다. 지영도 예견하지 못한 일이었다. 대체 이런 암살 시도를 누가 알 수 있을까?

매뉴얼대로 보자면 경계를 느슨하게 푼 회사원들의 잘못이 맞다 할 수는 있을 거다. 하지만 지영은 그렇게 꽉 막힌 마인드는 아니었다.

"괜찮아요. 아무 일도 없었으니까 그렇게 사과하실 필요 없어요."

"후우, 아닙니다. 다음에는 진짜… 이런 일이 없도록 하겠습니다."

"……."

그렇게까지 말하는데 하지 말라고 할 수도 없는 노릇이라 지영은 그냥 고개를 끄덕였다. 치익. 노르웨이 국가기관에서 나온 사람들과 회사원들이 심각한 표정으로 대화를 나누고 있었지만, 지영은 그냥 쉬고 싶었다.

'빌어먹을…….'

솔직히 아찔한 상황이었다.

자신이었으니까 이 정도로 대처했지, 이런 암살이, 테러가 자신의 가족이나 은재에게 벌어질지 모른다는 생각을 하자 기분이 정말 엿 같아졌다.

냉장고에 비치된 보드카나 럼주라도 까고 싶은데, 아직 말은 꺼내지 않았어도 참고인 조사가 있을 게 분명하니 그럴 수도 없었다. 그래서 지금 당장 이 스트레스를, 이 짜증스러운 마음을 달랠 수 있는 건 담배밖에 없었다.

두 개비를 연달아 피우고 있는데 노르웨이 요원 하나가 조용히 지영의 앞에 와서 앉았다. 전형적인 게르만족의 피를 타고났는지, 금발의 푸른 눈이 매우 인상적인 미남 요원이었다. 그런 그의 표정에는 미안함이 가득했다.

"프로드 한센입니다."

"강지영입니다."

"본국에서 이런 일을 겪게 되어 매우 유감입니다, 미스터 강."

"아닙니다."

힐끔, 쿠삭은 이미 회사원 몇과 노르웨이 요원 몇이 데리고 나간 상태였다. 격렬한 격투의 흔적까진 아니지만 짧은 공방 속에 흐트러진 거실이 시선에 들어왔다. 특히 총알이 박힌 카펫을 보자 기분이 다시 쭉 떨어졌다.

"참고인 조사 때문입니까?"

"네, 그리고… 잠시 숙소를 옮기는 게 좋을 것 같습니다."

"…네, 그러죠."

참고인 조사야 예상하고 있었고, 숙소 문제는 예상하지 못했지만 말을 듣는 즉시 이해할 수 있었다. 이미 암살 시도를 당한 이 숙소에서 잠을 잔다는 건 그야말로 미친 짓이었다. 죽여 달라고 떼를 쓰는 거나 다름없을 정도였다. 그래서 다시 쓴웃음이 나왔다. 그런 지영의 표정을 본 프로드가 얼른 말을 이었다.

"물론 저기 미스터 정과 일행도 함께 이동할 겁니다. 저희는 숙소만 제공할 뿐, 다른 개입은 일절 하지 않겠습니다."

"네, 알겠습니다."

"협조해 주셔서 감사합니다."

"아닙니다. 후우, 이것만 마저 피우고 준비해도 될까요?"

"네, 그렇게 하셔도 됩니다."

"그리고 일행한테도 얘기는 전해야 합니다. 아시다시피 전… 영화를 찍으러 왔거든요."

"음… 간략하게만 설명을 부탁드립니다. 아직 언론에는 내보내지 않을 생각입니다."

"네."

지영은 담배를 마저 피우고, 류승현 감독에게 전화를 걸었다.

12시가 넘었지만 생생한 목소리로 전화를 받는 류 감독. 지영은 일단 간단하게 상황을 설명했다. 그러자 그는 잠시 침묵하더니, 바로 넘어오겠다고 하고는 전화를 끊었다. 그는 아래층을 사용 중이었고, 그래서 같이 술잔을 기울이고 있던 유해준과 함께 올라오는 데 몇 분 걸리지 않았다.

끼익.

들어온 류승현 감독과 유해준은 노르웨이 요원, 회사원들을 보고는 멈칫했으나 바로 지영에게 다가왔다.

"지영 씨, 무슨 일입니까?"

"괜찮아? 무슨 일이야, 이게 대체?"

지영은 둘에게 간단하게 상황만 설명했다.

하지만 그 상황을 들은 둘은 경악했다.

말로만 들었던 암살 기도……

그게 현실에서 벌어졌다. 그것도 같은 일행에게. 소름이 쭈뼛 서고도 남을 일이었다. 어안이 벙벙해지고, 들어갔던 알코올이 순식간에 날아간 두 사람은 지영을 걱정스러운 표정으로 바라봤다.

"괜찮은 거 맞지? 그렇지?"

"네, 괜찮아요. 이쪽에서 제공해 주는 숙소로 이동해야 해서 길게 대화는 못 나누고요. 상황이 좀 정리가 되면 바로 연락드릴게요."

"그래, 그렇게 하자."

지영은 유해준을 안심시키고 다시 류승현 감독을 바라봤다. 그러자 그는 고개를 바로 끄덕였다.

"스태프들에게는 일단 제가 알아서 둘러놓겠습니다. 여긴 걱정 말고 가요."

"네. 죄송합니다. 이런 일이 생겨서."

"이게 어디 지영 씨 잘못인가요? 그런 생각 말고, 몸조심해요."

"네."

이후 두 사람은 주변의 눈치를 보더니, 조용히 다시 방을 나갔다. 나가기 전 유해준이 '이게 진짜 뭔 일이래, 허 참!' 하고 혼잣말을 하고 나갔는데 그게 딱 지금 지영의 심정이었다.

정순철이 지영의 짐을 싸는 동안, 지영은 잠시 밖으로 나왔다. 그리고 은재의 방문을 두들겼다. 잠시 후 유선정이 문을 열었다.

"은재 지금 자나요?"

"아가씨요? 좀 전에 겨우 잠드셨어요."

겨우 잠들었다는 말에 지영은 은재를 깨워달란 말을 할 수가 없었다. 그래서 쓸쓸한 미소가 입가에 걸리는 걸 막을 수가 없었다. 하지만 그래도 상황은 전달해야 하니까… 다시 감정을 수습하고 입을 열었다.

"음… 네. 제가 지금 어딜 가봐야 하거든요? 은재 내일 일어나면 안 놀라게 말 좀 잘해주세요. 그리고 바로 메시지 넣으라고 전해주세요. 전화한다고."

"아… 네. 알겠습니다."

"늦은 시간에 죄송합니다. 그럼… 은재를 잘 부탁합니다."

힐끗. 유선정은 지영을 따라 나와 경계를 서고 있는 노르웨이 요원들과, 회사원들을 보면서 상황을 파악한 것 같았다. 잠시 놀랐다가 이내 표정을 굳힌 그녀는 단단한 목소리로 대답했다.

"네. 아가씨는 걱정 마시고, 몸조심하세요."

"…네."

끼익.

쿵.

철컥.

결국 은재를 못 보고 가는 상황이 됐다.

"씨발……."

그래서 저절로 욕이 나왔다. 만나서 함께한 지 뭐 얼마나 됐다고? 그런 생각이 들면서 짜증이 확 올라왔다. 정순철이 지영 씨, 하고 짐을 들고 와 부르자 지영은 고개를 끄덕였다. 그러자 프로드와 정순철이 바로 무전을 때렸다.

—치익, 계단 확보.

—치익, 승강기 확보.

—치익, 로비 확보.

—치익, 차량 확보.

—치익, 거리 확보.

무슨 첩보 영화의 한 장면처럼 속속 무전이 날아들었다. 지영은 정순철이 준 통신 인 이어를 귀에 걸고, 방탄조끼와 헬멧까지 착용하고 나서야 안내를 받아 로비로 내려왔다. 로비에 내려오니 다시 호텔 입구가 보이는 주변 옥상을 확보했다는 무전들이 날아들었다.

신기한 경험?

아니… 최악이었다.

현관 입구까지 밀고 들어온 F사의 방탄 승합차에 올라타자마자, 연신 바쁘게 무전이 날았다. 지영의 일행까지 전부 탑승하자 차는 바로 출발했다. 차 안에서 헬멧만 벗은 지영은 하아, 한숨을 내쉬었다.

'대체… 내 인생의 장르는 어떻게 되는 거냐?'

환생물이냐?

배우물이냐?

'아니면 첩보물이냐?'

아니면 온갖 장르가 뒤죽박죽 뒤섞여 있는 막장 장르냐?

'어째서 나만 이런 일을 당해야 하지?'

끝이 안 보이는 환생을 겪으면서, 왜 끝도 없는 고통을 당해야 하는 걸까? 도대체 나는 왜 이렇게 태어난 걸까?

'나는… 내가 기억도 하지 못하는 어떤 순간에 선악과라도 훔쳐 먹은 걸까? 그래서 이렇게 죄를 받는 걸까?'

피식.

말도 안 되는 생각을 한 자신이 우스워 지영은 그냥 웃고 말았다. 차는 한 시간을 더 달려 오슬로 교외로 빠져나갔다. 그 시간 동안 차량에 탄 그 누구도, 말을 꺼내지 않았다.

Chapter46
Assassinate scandal

정순철은 바로 회사에 보고했다.

회사는… 난리가 났다. 정말 문자 뜻 그대로 '난리(亂離)'가 나버렸다. 이 난리는 곧바로 푸른 집에 보고됐고, 푸른 집도 덩달아 난리가 났다. 무슨 백린탄이 터진 것처럼, 화르르 불이 붙어 관련된 모든 사람을 정신없게 만들어 버렸다.

푸른 집은 고민했다.

이걸 공개해야 하나, 말아야 하나.

이재성 대통령의 신념이라면 공개를 해야 했다.

하지만 그가 고민하던 찰나, 노르웨이 총리로부터 직통 회선으로 연락이 들어왔다. 수사 중이다. 최소한 진상을 알아내기 전까지만 발표를 참아달라. 그들은 알고 있던 것이다. 현 대한

민국 대통령 이재성의 성향을 말이다.

이재성 대통령은 딱 3일이라는 시간을 주며 부분적으로 동의했다. 하지만 일은 그렇게 간단하지 않았다.

자신들을 IS(Islamic State)라 주장하는 단체에서 SNS에 글을 올렸다. 그 내용을 요약하자면 딱 이랬다.

자신들은 IS다.

킬러를 고용했다.

그 킬러는 노르웨이로 이동했다.

표적은 신의 말씀에 반기를 드는 동양의 어리석은 배우 '강지영'이다.

테러는 실패했다.

이런 내용이었다.

이 글은 순식간에 퍼져 나갔고, 세계의 언론을 뒤흔들었다. 이미 한차례 테러에 희생됐었던 영화배우에게 또다시 테러가 가해졌다. 외신들은 앞다투어 속보로 이 글을 보도하기 시작했다.

한국 언론은 물론 노르웨이 언론도 마찬가지였다.

푸른 집에 사실 확인을 요청했고, 푸른 집은 벌집이 터져 버려 곧바로 대응하지 못했다. 그 결과, 이제 50만에 육박하는 강지영의 팬클럽, '소정'이 나섰다. 주로 여성들로 이루어진 이 팬클럽은 엄청난 인원을 바탕으로 압박했고 결국 푸른 집은 사실을 인정할 수밖에 없었다. 노르웨이도 마찬가지였다.

모처에 지영을 보호 중이고, 현재 지영을 노린 히트 맨을 조사 중이란 말을 전했다. 인터폴의 전문 수사원이 노르웨이로 곧장 날아갔다. 미합중국 정보가 이때 또 성명 발표를 했다. 한국이란 나라의 국력으로는 IS의 테러에서 지영을 지킬 수 없다는 말과 함께 지영을 자국에서 보호해야 한다는 뜻을 전한 것이다.

국제 외교는 어렵고도, 더럽다.

이재성 대통령은 단박에 그 성명을 말도 안 되는 소리라고 일축해 버렸다. 하지만 문제는 그게 아니었다.

지영의 안위.

혹시 다친 건 아닐까?

큰 부상?

어째서 지영이 괜찮다는 소식은 없는 거지?

지영은 앞서 말했듯이 희망의 아이콘이다. 테러를 이겨내고, 그 악랄한 광신도들에게 탈출하고, 그 뒤로도 신념을 잃지 않은 배우. 그래서 희망이란 단어와 지영을 연관시키는 사람들이 많이 늘었고 그 결과 지금은 모두 지영을 그렇게 생각했다.

그런 지영이 다시금 테러를 당했는데, 어떤 종류의 테러인지 몸은 건강한지에 대한 정보가 하나도 안 풀리고 있으니 사람들이 답답함에 짜증 내는 건 아주 당연한 반응이었다. 그래서 양국은 얼른 지영은 괜찮으며 지금 모처에서 휴식 중이라는 발표를 했다. 하지만 이 시대에 그런 말 하나 가지고 이미 열받은 사람들을 안심시키기란 매우 어려웠다. 그러나 지영은 이번엔 전면에 나서지 않았다.

한 사람에게 벌어진 일이, 눈덩이처럼 불어나며 거대한 덩어리가 되었을 때, 이재성 대통령이 성명을 다시 발표했다.

내용은 앞으로 자국에 대한 그 어떠한 무력 행위도 용납하지 않겠다는 매우 극단적인 성명이었다.

당연히 이에 대한 말도 많았다.

무슨 말도 안 되는 소리냐, 그게 가능은 한 소리냐, 이런 말들이 많았지만 전례가 없던 건 아니었다.

아덴만, 여명 작전.

이미 2011년 대한민국 해군 특전부대가 아덴만에서 해적에 피랍된 선박을 구출할 목적으로 전투를 치른 적이 있었기 때문이다.

비공식 작전이 있다면 모르겠지만, 공식적으로 세계에 작전 수행 능력을 보였던 사례로는 많은 사람이 그때의 작전을 꼽았다. 그래서 불가능하단 여론은 쏙 들어갔다.

그리고 의외로 이재성 대통령의 이런 강경한 발언은 아주 많은 사람의 지지를 얻었다. 그는 단순히 '지영'을 특정하지 않았다. 자국민, 대한민국 국적을 가진 모든 시민들로 특정했다. 그리고 그는 뱉은 말을 지키는 대통령이란 인식이 있었기 때문에 지지는 어쩌면 당연한 일이었다.

단 며칠 사이에 한국, 노르웨이 그리고 몇몇 나라의 넷 세상이 불이 붙은 것처럼 과열되기 시작했다.

노르웨이는?

자존심에 엄청난 타격을 입었다.

자국에서의 테러.

사실 노르웨이는 테러 안전지대에 가까웠다. 북유럽의 대표적인 국가였기 때문일까? 아니면 추워서 그런 걸까? 광신도들은 그 나라에서 테러를 일으킨 적이 거의 없었다. 그렇기 때문이었다.

뿔이 단단히 난 그들은, 시리아에 군 파병을 순식간에 결정지어 버렸다.

미국은?

이때다 싶은 것 같았다.

연일 한국 정부를 비판하는 목소리를 내고 있었다. 그러나 이런 행동은, 오히려 그들의 이미지만 아주 예쁘게 깎아내리고 있는 중이었다.

한국은?

잘 대처하고 있었다.

옛날 이탈리아에서처럼 또 특수 팀이 은밀히 노르웨이로 출국했다. 그러면서 조명되는 다른 화제가 있었다.

'테러리스트.'

영화 '테러리스트'는 이대로 엎어지는가?

강지영의 첫 복귀작이라 안 그래도 엄청난 화제가 되고 있는 상황인지라 다들 걱정, 우려의 목소리를 높이고 있었다. 하지만 현지에 있는 촬영 팀의 수장 류승현 감독은 물론, 유해준과 다른 배우들도 입을 열지 않고 있어 어떻게 흘러갈지 네티즌들은 자기들끼리 설전을 벌였다.

커뮤니티란 공간의 특성상 저런 설전은 너무나 당연한 일이라 그리 신기한 현상도 아니었다.

일주일.

이 주일.

강지영에 대한 테러가 벌어진 지 이 주가 지나고 나서야 류승현 감독이 자신의 SNS에 한 언론사의 기자와 함께한 인터뷰 영상을 올리고 나서야, 네티즌들은 우려와 걱정은 버리고 안도와 기대심을 품었다. 인터뷰의 골자는 딱 두 가지였다.

강지영은 영화를 포기하지 않았다.

고로, 촬영은 계속될 것이다.

이렇게 요약이 가능했다.

그렇게 넷상은 조금씩, 조금씩 지영에게 다시 일어난 테러로 일어난 열기가 가라앉아 가기 시작했다.

*   *   *

"네, 네. 걱정 마세요. 아니요. 안 건너오셔도 돼요. 촬영 끝나면 바로 넘어갈 건데요, 뭘. 네, 네. 어머니도 감기 조심하시고요, 네."

전화를 끊은 지영은 후우, 한숨을 내쉬었다.

"어머님이 뭐라셔?"

지영의 강력한 요청으로 노르웨이 측에서 제공한 별장으로 온 은재의 말에 지영은 쓴웃음을 지으며 대답했다.

"많이 걱정하시지."

그날 이후 지영의 폰은 아주 불이 났다. 임미정을 시작으로 가슴이 덜컹한 많은 사람들이 지영에게 연락, 전화를 걸어댔다. 하지만 당장 참고인 조사부터 시작해 처리해야 할 게 한두 개가 아니었던지라 지영은 며칠이 지나고 나서야 연락을 돌릴 수밖에 없었다.

"에휴, 내 남자는 대체 왜 이렇게 풍파가 많니?"

은재의 말에 지영은 피식 웃을 수밖에 없었다.

"그건 너도 만만치 않잖아?"

"흐흐, 그렇지. 우리가 그래서 끌리는 건가?"

"그럴 수도 있고. 서로 품고 있던 내면의 비밀을 본능적으로 알아차렸을지도 모르지."

"오, 그 대사 좋아. 적어놔야지."

은재는 흐흐 웃으며 지영의 말을 수집했다. 지영은 답답하고 짜증 가득이던 마음을 은재가 옴으로써 일정량 풀어낼 수 있었다.

이 여자의 미소는 해보다 진하고 밝아 보는 것만으로도 심신의 안정이 찾아온다.

물론 그렇게 느끼는 건 지영이 유일하겠지만, 뭐 어쩌겠는가.

'내가 당장 그렇게 느껴지는데.'

은재는 요즘 글을 다시 쓰고 있었다.

은재도 처음에는 정말 엄청 놀랐었다.

다음 날 아침에 지영에게 전화를 걸었을 때, 그때 은재의 목소리는 너무나 가늘고 잘게 떨려서 지영의 뇌리에 깊이 각인이 됐을 정도였다. 하지만 3일 뒤 지영을 다시 만나고 나서, 은재는 바로 안정을 되찾았다.

그리고 지금은 소설까지 쓰는 여유까지 생겼다.

똑똑.

"지영 씨, 접니다."

지영은 정순철의 노크에 잠시 은재를 바라봤다.

"얘기 나눠. 난 가서 글 쓰고 있을게."

"응, 이따가 방으로 갈게."

"응."

쪽.

은재는 지영의 이마에 입술을 맞춰주는 서비스를 해주곤 유선정에게 메시지를 보냈다.

"들어오세요."

지영이 그렇게 말하자 문이 열리고 정순철과 프로드가 같이 들어왔다. 프로드는 그날 이후 지영이 노르웨이 있는 동안 편의를 챙겨주는 전담 마크맨이 됐다. 이 또한 호의인지라 지영은 거부감 없이 받아들였다.

"이거 얘기 중이셨는데 제가 방해한 건 아닌가요? 하하."

"아니요, 괜찮습니다. 은재도 글 쓸 시간이고요."

"그럼 다행이네요, 휴휴."

정순철의 너스레에 지영은 피식 웃고는 그에게 자리를 권했다. 자리에 앉자 두 사람의 표정이 천천히 변했다. 문제의 테러

에 대한 얘기를 할 때 나오는 표정들이었다. 치익. 이제는 익숙
하게 세 사람이 동시에 담배에 불을 붙이고 나자, 프로드가 말
문을 열었다.

"미스터 강, 쿠삭에 대한 조사가 끝났습니다."

"끝났나요?"

"네, 제법 오래 버텼지만 현대 과학과 고전의 노하우는 버티
기 힘든 법이지요."

"흠……."

현대 과학과 고전의 노하우라… 지영은 바로 무슨 말인지
알아차렸다.

'약, 그리고 고문이지.'

무수히 많은 삶에서 지영이 당했던 방식이고, 자행했던 방식
이었다. 그래서 지영은 프로드의 말을 듣고도 그리 큰 거부감
을 느끼지 못했다. 그런 지영이 처음엔 좀 놀라웠던 두 사람은
이제 그냥 지영을 있는 대로 받아들였다.

인터폴 적색 등급의 히트 맨을 격투로 잡은 사람이… 강지영
이다.

더 이상의 설명은 필요가 없었다.

그리고 그들도 정보력이 있어 몇 년 전부터 중동에서 떠돌기
시작한 '붉은 눈의 사신'에 대한 '이야기'를 접수했다.

붉은 눈.

사신.

솔직히 이 두 단어로 지영을 연관시키지 못한다면, 사고 능

력이 진짜 바닥일 것이다. 하지만 둘은 무례를 저지르진 않았다.

"코드 네임, 쿠삭. 영국 SBS(Special Boat Service) 출신으로 본명은 데이드. 사고를 치고 불명예 전역 뒤부터 프리 히트 맨으로 활동했습니다."

"음……."

거물이었다.

영국의 SBS라면 정말 세계에서도 알아주는 특수부대고, 중동과 아프리카 지역에서의 활발한 작전 수행을 하는 부대였다. 지영은 그걸 중동에서 직접 본 적도 있어 잘 알고 있었다. 나이가 이제 40대로 들어서서 전성기 때 실력을 못 보여 그렇지, 만약 그놈이 오 년만 젊었어도 뻗어 있는 건 놈이 아닌, 지영이 될 뻔했다.

"극진 수니파의 의뢰를 받은 것도 확인됐습니다. 비트코인을 통해 선불 이십만 달러를 받았고, 임무 완수 후 이십만 달러를 받기로 했었답니다."

"……."

이십만 달러.

대충 지금 한화로 2억 5천 정도 될 거다.

그럼 지영의 목숨에 걸려 있던 금액은 전부 오억 정도다.

'내 목숨값이 겨우 그 정도밖에 안 되냐?'

그런 생각에 피식 웃고 말았다.

프로드는 그 이상 놈에 대한 정보를 알려주진 않았다. 사실 그런 정보 자체는 극비다. 그럼에도 알려주는 건 지영이 알고자 했기 때문이었다. 그래서 정순철을 통해 딱 이 정도까지만 듣기로 했고, 프로드는 정말 딱 그 정도만 얘기를 해줬다.

"참, 영화 준비가 끝났습니다."

"끝났나요?"

"네, 저희 쪽에서 다 세팅을 마쳤고, 지영 씨만 가면 됩니다."

지영은 영화를 포기하지 않았다.

그건 촬영 팀 전체가 마찬가지였다.

"언제 가면 되나요?"

"오늘을 뺀 원하시는 날을 말씀해 주시면 됩니다."

"음… 그럼 이틀 뒤로 하죠. 컨디션을 좀 찾아야겠어요."

"네, 류승현 감독한테 그렇게 전하겠습니다."

"부탁드릴게요."

"네, 얘기는 끝났으니 저는 이만 가보겠습니다."

정순철이 그 말을 끝으로 일어나 프로드와 함께 밖으로 나갔다. 지영은 잠시 그들이 나간 문을 보다가 다시 담배를 꺼내 물었다.

치익.

"후우…… 영화 한 편 찍기 진짜 더럽게 어렵다."

지금쯤이면 사실 영화의 1/5 정도는 찍었어야 했다. 하지만 1/5은커녕, 1/10도 찍지 못했다. 그리고 그 모든 게 자신 때문이었다. 지영은 이 부분이 정말 미안했다. 그래서 이번 영화는 정말 사력을 다해 찍을 생각이었다.

'그러니 좀… 건드리지 좀 마라.'

제발, 딴생각을 안 먹게.

좀 도와달라고 지영은 나풀나풀 떨어지는 눈송이를 보며 진심을 담아 빌었다.

Chapter47
로케(Location), 오슬로

치익.

─타깃 확인. 검정색 벤츠. 차 번 에이에스, 칠공공삼사일. 뒷좌석 오른쪽.

조장철의 무전에 태석은 바로 그가 말한 차 번호를 찾았다.

치익.

"찾았다."

오슬로 노벨 평화 센터 앞으로 조장철이 말한 검정색 벤츠 한 대가 미끄러지듯 들어와 멈췄다. 끼릭, 끼리릭. 태석은 스코프를 조정하고 '후우…' 숨을 들이마셨다. 오래 기다렸다. 존 스테이너.

그 최악의 생물학 박사의 오른팔이라 할 수 있는 김준식이다.

태석에게 신을 찾게 만든 장본인이자, 태석이 악마에게 영혼을 팔게 만든 장본인이기도 했다. 저자가 지식적 도움을 준 신경가스로 인해 그의 부모, 여동생, 누나가 하루아침에 피부가 퍼렇게 변한 채 변사체로 발견됐다.

12살 태석은 그 시체를 보고, 오열했고, 분노했고, 다짐했다. 반드시 죽이겠다고.

태석은 영특했다. 어린 나이였지만 가족이 고작 연탄가스 같은 걸로 죽지 않았다는 걸 아주 잘 알고 있었다.

그래서 훗날 또 다른 피해자 조장철을 만나 그날 있었던 것들을 뒤지고, 뒤진 끝에 알아낼 수 있었다. 그 가스는 누군가가 의도적으로 만들어 태석의 가족이 여행 중 머무르던 숙소에 터뜨렸고, 그 주동자가 정부 소속이라는 것까지, 전부.

태석은 테러로 인해, 테러리스트가 됐다.

이율배반적이라고?

그래도 괜찮다.

태석은 그 테러와 관련된 자들을 하나도 남김없이 죽일 작정이었다.

'이제, 이제 시작이야.'

놈을 찾아 이 먼 노르웨이까지 왔다. 혹시라도 걸릴까 봐 스웨덴에서 스칸디나비아산맥을 넘어 오슬로까지 왔다. 그리고… 찾았다. 그날 같은 숙소를 썼었던 조장철과 의기투합해 지겨운 추적 끝에, 드디어 시작할 수 있게 됐다.

'전부, 전부… 죽여줄게.'

끼익.

검은색 벤츠가 멈춰 섰다.

앞좌석에서 익숙한 정장 차림의 경호원이 내렸다.

그는 주변을 한번 스윽 훑어본 뒤에야 뒷문이 열렸다.

치익.

―타깃 내림.

조장철의 무전이 오는 순간 태석은 쥐고 있던 M82A1 바렛을 한번 쓰다듬었다. 어렵게 구한 대물 저격총. 사용하기 까다롭지만 대상을 완벽하게 파괴할 수 있는 괴물이었다.

반백의 신사가 내리더니 대기 중이던 취재진들에게 손을 흔들었다. 끼릭. 스코프의 줌을 좀 더 당겼다.

'노벨 평화 센터에 대체 무슨 낯짝으로 나타난 거냐……'

최악의 생화학 무기를 개발, 실험했던 존 스테이너의 오른팔 역할을 지금도 수행하고 있는 개자식이…….

놈이 뒤를 돌았다.

사진으로 수천 번 확인했던 김준식이 확실했다.

휘이잉.

풍향, 습기, 각도부터 탄도의 체공 시간까지 고려한 시뮬레이션은 이미 완벽하게 끝났다. 뒤이어 그녀의 안사람 내지, 딸로 보이는 여성이 내린 순간, 태석은 호흡을 멈췄다.

투슝!

두껍고 긴 바렛의 총신이 격렬하게 떨렸다.

퍽!

탄이 김준식의 안면에 처박히면서 피가 훅 튀었고, 잠시의 정적 뒤 비명과 고성이 난무하는 걸 확인한 태식은 미련 없이 자리에서 일어나 총기를 회수했다. 기타 케이스에 차곡차곡 집어넣어 등에 멘 태석은 바로 승강기를 타고 내려가 어느새 도착한 조장철의 차 트렁크에 총기를 싣고는 앞좌석에 탔다.

끼이이잉!

태석이 타자마자 바퀴가 격렬한 회전을 하더니 차선을 바꾸고는 미련 없이 그 장소를 떠났다.

*　　　　*　　　　*

"컷!"

귀에 찬 무선 인 이어에서 컷 사인이 울리자 조장철 역의 유해준이 차를 천천히 멈춰 세웠다.

"굿굿, 좋았어."

"고생했습니다, 선배님."

"고생은 무슨. 후후, 역시 우리 강 배우 연기력 하나는 끝내준단 말이야?"

"선배님만 할까요?"

차에서 내린 유해준의 칭찬을 지영은 가볍게 받아주고는 같이 무선으로 컷 사인을 날린 류승현 감독에게 걸어갔다.

자신의 영상을 확인한 지영은 흠, 불만스러운 탄성을 흘렸다. 눈빛이 조금 약한 것 같았기 때문이다.

오슬로에서는 두 가지 액션을 찍는다.

하나는 태석과 조장철이 복수를 위한 테러를 막 시작하는, 조금 전 장면. 그리고 또 하난 류승연과 극 후반에서 쫓고 쫓기는 추격전. 이렇게 두 이야기를 찍어야 했다. 그렇기 때문에 극 중 초반의 태석은 복수에 미친 자였어야 한다. 하지만 왠지 눈빛이 좀 약한 것 같은 느낌을 받았다.

'내 감정으로 연기를 해서 그런가?'

지영은 서랍을 열지 않고 연기를 하기로 마음을 먹은 상태였다. 서랍이 없어도 충분히 연기를 할 만한 경험을 했기 때문이다. 잠시 생각하던 지영은 고개를 저었다. 스칸디나비아산맥에서는 제대로 눈빛이 나왔다. 그렇다면 지금의 부족한 눈빛 연기는 다른 이유가 있을 게 분명했다.

'너무 딴 생각을 했나. 아니면… 은재를 만나고 내가 풀어진 걸까.'

둘 다 가능성이 있었다.

"음, 지영 씨?"

류승현의 부름에 지영은 고개만 끄덕였다.

"이 부분은 다시 가는 게 좋겠죠?"

"네, 준비할게요."

"부탁할게요."

류승현은 자기보다 서른 이상이나 어린 지영에게 아직도 존대를 사용했다. 워낙에 지영이 어려웠기 때문이다. 처음에도 어려웠는데, 몇 주 전에 있었던 사건 때문에 더욱 어려워졌다. 킬러가 찾아오는 배우. 그런데 그 킬러를 때려잡는 배우. 그게 강지영이었다. 처음에는 지영이 너무 덤덤한 상태여서 어느 정도인지 몰랐는데 나중에 속속들이 밝혀지는 기사를 통해 그날의 일이 얼마나 위험했던 상황인지 인지를 했다.

무려 인터폴에 수배된 히트 맨. 코드 네임 쿠삭이 암살한 정치, 종교, 경제인만 무려 30명 이상일 거라는 인터폴의 인터뷰를 봤을 때는 모두 괴물 보듯 지영을 생각하게 되었지만 그러면서도 흥분했다.

이유는 두 가지였다.

하나는 히트 맨을 잡을 정도면, 지영이 대체 얼마나 강하단 걸까? 남자라면 나이를 먹어도 강함, 힘을 열망하는 법이니 류승현 감독의 생각은 좀 잘못됐어도 이해 못 할 건 아니었다.

또 다른 하나는, 납치됐었던 5년, 그 5년 간 지영이 대체 어떤 삶을 살았을까? 이런 상상을 하면서였다. 그리고 그런 범상함을 아득히 넘어선 배우와 함께 영화를 찍고 있다. 시나리오는 지영이 들고 왔으나, 무려 연출을 맡았다.

그래서 욕심이 났다.

그 욕심 때문에 흥분감이 항상 그의 머릿속을 맴돌았다.

하지만 흥분은 흥분이고, 어려운 건 어려운 거였다. 지영은 그런 류승현 감독의 마음을 알았지만 그냥 모른 척해줬다. 사내라면, 감독이라면 당연히 가지고 있을 생각이기 때문이다. 지영은 준비를 하고 다시 옥상으로 올라갔다. 능숙하게 소품을 꺼내 조립을 한 지영은 자세를 잡았다.

진짜 총기와 똑같이 만든 모형 바렛이기 때문에 조립, 해체도 실제로 바렛이랑 똑같았다. 그런데도 지영이 너무 능숙하게 해체 조립하자 모형 총기를 제작 의뢰, 조달하는 스태프는 혀를 내둘렀다. 실제로 만져본 경험이 없다면 저렇게 만지기란 쉽지 않았기 때문이다. 그래서 스태프는 '혹시 탈출 과정에서?' 이런 생각을 했고 그 생각은 정답이었다. 당시 하이재킹을 했던 용병들을 섭외한 브로커들, 그 브로커의 허브이자 리더 역할을 했던 놈을 잡을 때, 이 바렛으로 조졌다.

'파괴력 하나는 바렛이 최고지……'

놈은 방탄 차량을 타고 사막을 횡단하고 있었고, 지영은 미리 자리를 잡고 있다가 타이어를 박살 내 전복시킨 다음, 알라의 요술봉을 연달아 갈겨줬다. 그리고 차 밖으로 나와 도망치는 놈의 뒤통수를 다시 바렛으로 시원하게 날려줬다. 그리고 그놈을 호위하던 놈들까지, 전부 저승으로 보내줬다.

'아니, 지옥이지.'

그때가 생각나자 지영의 입가에 자연스럽게 비릿하면서도 싸늘한 독기가 서렸다. 액션 준비 사인이 들어왔다. 인 이어 이어폰을 통해 들어왔다. 어차피 극 중에서도 이어폰을 착용하고 나오는지라 나름 편했다.

"후우, 후우……. 후우, 후우……."

여러 번의 심호흡을 통해 지영은 정신을 가다듬었다. 수 초가 지나자 지영의 눈빛은 착, 심연처럼 가라앉았다.

"액션!"

타이밍 좋게 류승현 감독의 액션 사인이 귀로 들려왔다. 지영은 집중했다.

"……."

스코프로 표적을 노려보는 지영을 카메라 세 대가 다각도에서 찍었다. 조심, 조심. 집중을 깨지 않은 상태에서 1분이 넘게 지영을 찍었고, 곧 류승현 감독의 컷 사인이 다시 들렸다. 지영은 스코프에서 눈을 떼고 머리를 흔들었다. 집중이란 게 별것 아닌 것 같지만 지영의 집중은 남들과 좀 다른지라, 정신력 소모가 상당했다. 카메라를 확인한 류승현 감독도, 지영도 재촬영 장면에서는 고개를 끄덕였다.

아주 깔끔하게 나왔다.

극 중 초반의 태석이 아주 잘 표현됐으니 더 찍는 건 필름 낭비, 시간 낭비, 정신력에 체력 낭비였다.

"자자, 정선우 배우 준비해 주세요!"

다시 도로로 나온 류승현 감독은 그렇게 말하고 다시 촬영 세팅을 시작했다. 이번 신은 골목에서 어린 태석이 추위에 떨면서, 그 시절 믿었던 신에게 간절히 기도하고, 체념하는 신이었다.

12살 태석의 삶은 매우 불우했다.

여행 중이었기 때문에 일가족이 사망하고 어찌해야 할 바를 몰라 멍하니 있다가 그 당시 어린 태석을 지켜줘야 할 대사관 직원과 떨어져 버렸다. 문제는 여행 중이던 장소가 한국이 아니었다.

그렇기 때문에 태석은 안 좋은 단체에 끌려가 강제로 안 좋은 일을 해야 했다.

매일 배가 고팠다.

매일 맞아 아팠다.

이 두 가지가 태석을 매우 많이 바꿔놨다. 12살에서 13살이 되던 무렵, 어린 태석은 믿음을 가지고 기도했던 신을 버렸다. 더 이상 신을 찾지 아니했고, 신 대신 복수할 힘을 달라고 악마에게 기도했다.

그마저도 들어주지 않자 어렸던 태석은 힘을 갈망하다 못해, 스스로 만들어 갖추기 시작했다. 소매치기단 두목을 죽였다. 이때였다. 태석이 신도, 악마도, 믿지 않게 되었던 때가. 그 조직을 접수한 뒤에 태석은 하나씩, 하나씩 당시의 사고를 제조사하기 시작했다. 태석은 끈질겼다.

자신의 세상을 이렇게 부숴 버린 개인, 혹은 단체에 엄청난 복수심을 품었다. 그렇게 시간이 쭉쭉 흐르다가… 조장철을 만났다. 처음에는 그냥 한국인이겠거니 했지만, 이상하게도 그날 사고가 벌어진 곳을 떠도는 행동에서 뭔가 아는구나 싶은 마음에 조직원들을 시켜 그를 데려왔고, 얘기를 나눠본 결과 그 또한 희생자임을 알았다. 처음부터 의기투합까지는 아니었다.

조장철은 진실을 알고 싶어 했다.

태석은 진실은 물론, 복수를 원했다.

하지만 일정 부분 원하는 바가 같아 함께하게 됐다. 태석이 그 생화학 무기에 부모님과 여동생, 누나를 잃었다면 그는 아내와 딸을 잃었다. 조장철의 능력은 뛰어났다. 아주 작은 단서 하나를 집요하게 추적한 결과, 존 스테이너의 이름 앞에 도달했다. 그리고 그때 실험을 실행했던 김중식 또한 알아냈다. 그때 둘은 의기투합했다. 최악의 무기를 두 사람의 가족에게 쓴 이들이 버젓이 화려한 빛 아래, 스포트라이트 아래 저명한 명사가 되어 있었기 때문이었다.

실험자들은… 가정이 파멸했는데.

실험을 진행했던 자들은… 빛 속에 머물러 있다.

조장철은 이 부분에서 지대한 분노를 느꼈고, 태석과 의기투합했다. 그렇게 탄생했다. 희대의 테러리스트는. 하지만 극작가 임수연은 여기에 하나의 설정을 더 집어넣었다. 복수를 위해, 테러를 일으키는 이율배반적 사고방식, 즉 전형적인 테러리즘(Terrorism)이 태석에게 장착되어 있다. 이 테러리즘으로 인해, 또 다른 피해자가 발생할 것이다. 또 다른 피해자는 태석을 원망할 것이고, 뫼비우스의 띠처럼 돌고 도는, 끝나지 않는, 소멸하지 않는 업(業)이 될 것이다. 그래서 태석은 이해받지 못할 것이다.

'나처럼 말이지.'

지영은 준비를 마치고 골목에 쪼그리고 앉아 있는 배우를 보면서 그렇게 생각했다.

하지만 지영은 이해받고 싶은 생각이 없었다. 뭐, 어차피 증거도 없어 지영을 법적으로 구속할 수는 없겠지만 그런 상황이 되더라도, 세인들이 손가락질을 하더라도, 지영은 그들에게 자신이 행한 일에 대해서 이해를 구할 생각 자체가 없었다.

'모든 행동에는 책임이 따르는 법이니까.'

그러한 것을 지영은 아주 잘 알고 있었다.

지영이 심유한 눈빛으로 아역배우를 보고 있을 때 류승현 감독의 액션 사인이 들어갔다. 아역의 연기는 훌륭했다.

그 당시 지영이 느꼈던, 뒷골목에서 거적때기 같은 모포 한 장으로 잠을 청하던 그때의 모습과 매우 비슷했다.

그런 아역배우의 앞으로 노르웨이에서 모집한 단역배우들이 느릿한 걸음으로 스쳐 지나갔다. 영상의 화려함보단, 감정 전달이 최우선이 되어야 하는 신이었다. 그래서 아역은 미리 단단히 당부받은 대로 눈빛에 힘을 주지 않고, 최대한 힘을 빼 멍한 상태로 만들어 연기에 몰입하고 있었다.

고작 열두 살.

그러니 아역이라고 보기엔 좀 무리가 있는 나이였다. 실제 나이로는 중학생이니까 말이다. 그래서 그런지 연기에 대해 좀 알고 있는 것 같았다. 새까만 음영이 배우의 머리 위로 졌다.

"Hei!"

배우가 아역, 정선우에게 말을 걸었다. 그러자 느릿하게 고개를 드는 정선우의 얼굴로 솥뚜껑만 한 손바닥이 날아들었다.

쫙!

실제로 때려 버린지라 정선우가 철퍽 쓰러지자 노르웨이어로 욕설과 함께 팔다리가 날아들었고, 잠시 뒤 덩치 큰 배우가 정선우를 번쩍 들어 어깨에 들쳐 메고 어둠이 진하게 자리 잡은 골목 안쪽으로 사라졌다.

"컷!"

지영은 류승현 감독의 사인이 나자 고개를 천천히 끄덕였다. 대사가 없는 신이지만 눈빛과 상황으로 분위기는 충분하다 못해 넘치게 표현했다. 연기 욕심이 있는지 뺨 맞는 것도 실제로 맞겠다고 해서 다시 걸어 나온 정선우의 얼굴은 발갛게 부어 있었다. 스태프가 얼른 얼음 팩을 가져다 줬다.

"어때야?"

슬쩍 다가온 유해준의 말에 지영은 천천히 고개를 끄덕이며 대답했다.

"잘하네요."

"그래도 왕년의 너보단 별로지?"

피식.

왕년의 너라니. 이제 고작 스물밖에 안 됐는데 왕년은 무슨 놈에 왕년일까? 하지만 웃자고 한 말이라 지영은 진지한 표정으로 대답했다.

"그럼요. 왕년의 저를 따라오려면 백만 년 부족하죠."

"으흐흐, 그렇지? 흐음, 보니까 오케이 사인은 날 것 같고… 슬슬 다시 우리 차례겠는데?"

"그러게요. 그런데 승연 형은요? 아까부터 안 보이던데."

"마인드 컨트롤 하러 갔을걸? 아마 이따 나오면 좀 놀랄 거다. 하하."

"그 정도예요?"

"음… 뭐라 말은 못 하겠고, 그냥 보는 게 빨라."

"기대되네요."

유해준의 말에 지영은 기대심이 생겨났다. 배우 류승연, 양아치 연기의 달인. 하지만 그 안에 내재된 연기력은 그야말로 대한민국 탑급이다. 이미지가 너무 세서 연기 스펙트럼은 좁지만, 그 안에서만큼은 정말 최고였다.

이제 노르웨이서의 마지막 신이다.

추격 신.

스칸디나비아산맥으로 태석이 돌아가기 전, 가족을 잃은 분노에 몸서리치는 '석훈'과 쫓고 쫓기는 신을 찍는다.

극 중 석훈의 설정은 은퇴한 특전사다.

전역하고 나와서는 경호 회사에 다니며 가족과 행복한 삶을 살던 그에게 어느 날 날아든 비보(悲報). 그 비보에는 과학 엑스포에 갔던 딸과 아내가 테러에 휩말려 사망했다는 소식이 담겨 있었다.

석훈은 그날 이후 미쳤다.

아니, 서서히 미쳐갔다.

술에 의지하는 날이 많아졌고, 그럴수록 괴로움이 포함된 그리움에 사무쳐 몸부림쳤다. 그러던 차에, 3차 테러가 발생하면서 유력한 용의자로 태석의 얼굴이 언론에 노출된다. 이때부터였다.

석훈이 술을 끊은 건.

석훈은 아무도 없는 텅 빈 집의 거실, 술병들 사이에서 태석의 얼굴을 봤다. 그리고 이때부터 다시 707에 있었을 때의 석훈으로 돌아가기 위해 피 나는 자기 관리에 들어갔고, 예전 동료들에게 부탁하면서 태석에 대한 정보를 모았다.

겨우 꼬리를 잡고, 치열한 추격과 첩보전을 이어나갔다.

그리고 마지막, 이곳 노르웨이에서 마지막 추격 신까지. 석훈은 오직 태석을 향한 복수심만으로 극을 이끌고 달리고, 태석역시 복수만으로 달리다가, 끝내 방황하며 다시 돌아오게 된다. 대충 내용은 이렇다.

이래서 석훈에게는 정당성이 부여되지만 태석에게는 정당성이 부여되지 않는다.

테러리스트는 그 어떤 정당성을 부여해 봐야 결국엔 테러리스트다.

그러니 인류에서 사라져야 할 직업이라는 것을 임수연은 대놓고 태석의 설정에 넣었다. 지영은 그 설정이 참으로 매력적이었다. 많은 영화에서 정당하지 못한 자들을 정당하게 만든다. 그중 대표적인 예가 바로 조폭이다. 조폭 미화 영화는 한국 영화계에서는 빼놓을 수가 없었다. 그렇기 때문에 명작의 반열에 든 조폭 영화도 많다. 친구, 해바라기 등등 한 획을 그었다 해도 과언이 아닌 영화들이다. 그 영화들에는 마치 주인공이 정의의 편에 선 것 같은 감정을 선사한다. 하지만 임수연은 태석에게 심리적 변화를 엄청나게 부여했음에도, 그를 완벽하게 하지 않았다.

지영은 그런 임수연의 의도를 아주 충실히 따랐다. 내적 변화에 중점을 두지만, 그래봐야 어차피 자신은 테러리스트라는 것을. 인지시키고, 이해시킨다. 극을 보는 사람들을 공감시키지 않고, 눈살을 찌푸리게 만든다.

내적 갈등하는 부분도 마찬가지였다.

태석이 불쌍하단 감정보단 도대체 왜? 라는 의문을 품게 만든다. 그리고 그 의문은 관객들의 머릿속에서 태석을 끝까지 불완전하게 만들 것이다.

한쪽에 설치한 간이 천막에서 류승연, 아니, 석훈이 느릿한 걸음걸이로 나왔다. 밖으로 나온 그는 '후음, 하아…' 깊게 심호흡을 하고는 지영을 보며 씩 웃었다. 눈빛은 이미 번들거리고 있었다.

마치 원수를 눈앞에 둔 맹수의 미소 같았다.

"어때……?"

유해준이 슬쩍 묻자 지영은 고개만 끄덕였다. 역시… 제대로다. 임수연은 진지한 석훈을 만들지 않았다. 진지한 건 태석이 맡을 거고, 원래의 석훈은 건들거리면서도 유쾌하고, 장난기가 있는 캐릭터다. 물론 그 안에는 특전사 출신으로 한계에 다다른 살상 능력이 숨어 있었다.

"최고네요."

진짜 진지하게 몰입한 류승연의 모습은 처음 봤다.

스칸디나비아산맥에서는 너무 극한 환경이었기 때문에 그의 연기를 몰입해서 보기가 좀 힘들었다. 그런데 지금 보는 그는?

진짜 무의식적으로 말했던 것처럼 최고였다.

태석과 아주 잘 어울리는 적이 될 것 같았다.

그런 석훈의 주변으로는 아무도 가지 않았다. 나무 박스를 가져다가 툭 던지고 앉은 그의 모습은 정말 위협적이었다. 그 일련의 행동에서 지영도 그렇게 느꼈다. 나 건드리지 마라, 이런 기세를 말이다.

류승연이 나오자 그의 형이자, 감독인 류승현도 더 빠르게 촬영 준비를 시작했다. 그의 몰입이 깨지기 전에 얼른 신을 찍기 위해서였다. 20분. 촬영 준비가 끝났다.

"수고해."

"네, 선배님. 이따 뵙게요."

"그려."

유해준과 떨어진 지영은 준비된 장소로 가다가 막 차에서 유선정의 도움을 받아 내리는 은재를 발견했다. 은재도 휠체어에 앉고 나서 지영을 발견했지만, 손을 흔들거나 알은척을 하진 않았다.

지영도 이미 스위치가 올라간 상태였다.

번들거리는 미소를 짓고 있는 석훈과 대조되는 착 가라앉은 태석. 그래서 은재는 알은척을 안 했다. 그의 집중을 방해하지 않기 위해서 말이다.

"후, 후우……."

자리에 가서 심호흡을 하기 무섭게 액션 사인이 떨어졌다.

"레디… 액션!"

　　　　　*　　　　　*　　　　　*

끼이이익!

콰앙!

브레이크를 잡기 무섭게 새까만 차가 운전석을 덮쳤다.

"큭!"

하지만 태석은 그 짧은 틈에 용케도 몸을 빼 보조석으로 넘어갔다. 차가 밀리고 밀리면서 가드레일을 박고 나서야 멈췄다.

치이이익.

의식이 가물가물하지만 태석은 머리를 털고, 자신을 때려 박은 차를 바라봤다. 운전대를 붙잡고, 이마에서 피를 줄줄 흘리며 히죽 웃고 있는 석훈의 모습이 보였다.

"끈질긴 새끼……."

부산, 서울, 인천을 거쳐 이곳 노르웨이까지 끈질기게 쫓아온 놈이었다. 왜 쫓아오는지는 사실 잘 몰랐다. 아직까지 서로 대화를 해본 적이 없으니 말이다. 하지만 하는 걸 보면 요원이나, 군인의 냄새가 났다. 하지만 또 표정을 보면 정신 줄 놓은 광인이 아닌지 의심도 들었다.

철컥! 철컥!

쟁!

문고리를 잡고 흔들어보지만 문이 열리지 않자 팔꿈치로 유리창을 깨고 태석은 밖으로 나왔다. 바닥을 짚는 순간 아까 보조석으로 넘어갈 때 발목이 돌아갔는지 시큼한 통증이 태석을 반겼다.

"아프네…… 짜증 나게……."

쨍!

마찬가지로 석훈이 유리창을 깨고 밖으로 나왔다.

"어으… 시벌."

"……."

거친 욕설을 들으며 태석이 석훈을 노려보자 머리를 한차례 턴 그가 태석을 보고 다시 히죽 웃었다.

"드디어… 만났네?"

"…누구냐,"

"나? 나? 어라? 내가 누구지? 음… 기억이 잘 안 나는데? 너는 아냐? 내가 누군지?"

"……."

미친 인간인가?

아니, 미친 인간이라면 자신을 그렇게 쫓아다니는 이유가 설명이 안 된다.

"시작하기 전에… 나 너무 궁금해서, 진짜 너무 궁금해서 물어보고 싶은 게 있는데. 해도 되냐?"

"……."

"왜 그랬냐?"

주어가 빠진 질문이라 태석은 대답을 하지 않았다. 그랬더니 석훈은 다시 히죽 웃었다.

"사랑하는 내 딸, 미소, 내 아내, 윤경이. 왜 죽였어?"

"……"

기억났다.

두 번째 테러.

두 번째 테러도 첫 번째처럼 바렛을 이용해 저격했다. 물건을 들여오는 데 애를 먹었지만 그래도 무사히 가지고 한국으로 들어갔고, 부산에서 놈을 만났다. 차에서 내린 놈의 뒤통수를 시원하게 갈겨주는데, 하필이면 그 앞을 지나가던 모녀까지 뚫었다. 정말 절묘한 각도로 겹치면서, 하나만 끝났으면 될 생명이, 세 개가 동시에 스러졌다. 그건 태석이 원했던 바는 아니었다.

그저, 그저……

"운이 없었지."

"…큭! 운? 운이 없었다고?"

"……"

말했듯이, 딸을 안고 걸어가는 모녀를 노린 적은 없었다. 존 스테이너. 이 개 같은 새끼의 부하를 노렸을 뿐이었다. 김준식을 오슬로에서 처단했고, 태석이 두 번째로 정한 자는 유연정 박사였다.

존 스테이너와 더러운 관계이면서, 그에게 협력하는 내연녀이자 비서라고 할 수 있는 여자가 바로 유연정이었고, 타깃을 선별했던 것도 그녀였다. 그래서였다. 살려둘 수 없다는 가치가 매겨진 것은.

마침 유연정이 부산 엑스포에 참가한다는 소식을 언론을 통해 입수했고, 며칠을 거쳐 장소 탐색을 끝낸 뒤에 저격을 감행했다. 타깃은 말끔하게 지웠다. 그런데 그 과정을 통해서 원하지 않던 피해가 더 나왔다.

'그래, 나는 테러로 인해 또 다른 피해자를 낳았구나.'

하지만 아쉽게도 태석은 죄책감을 느끼지 못했다.

그저 운이 없어서 한 사내의 아내와 딸이 죽었구나, 그렇게 생각할 뿐이었다. 그러나 석훈은 희번덕거리며 웃고 있었다.

"운이! 운이 없었다고!"

하지만 나오는 말은 절규였다.

이글이글 불타오르는 눈빛을 보면서 태석은 고개를 끄덕였다.

"그래, 운이 없었다."

"……."

맙소사……. 딱 그의 눈빛은 그렇게 말하고 있는 것 같았다. 체념, 수긍보단 무시였다. 석훈, 그는 알았을 것이다. 태석과 정상적인 대화를 하긴 힘들다는 것을.

"그래, 그럼 너도 운이 없는 거야……."

"……."

"하필이면… 나를 건드렸으니까."

그 말이 끝남과 동시에, 석훈이 몸을 날려 보닛을 미끄러지듯 넘어와 태석의 목을 향해 수도를 쭉 밀어 넣었다.

슉!

그의 수도는 칼날 같았다. 찔렸다간 목이 찢어지는 걸로 끝나지 않을 것 같았다. 태석은 그의 공격이 단순히 힘만 잔뜩 들어간 공격이 아님을 알았다.

'군 출신……'

태석의 근접 전투 베이스는 온갖 실전 무술을 뒤섞은 그만의 스타일이다. 복수를 꿈꾸기 시작했을 때부터 각종 전문가를 초빙해 그와 조장철의 아지트에서 뼈를 깎는 훈련을 통해 체술을 마스터했다.

물론 각국의 특수부대의 전투술도 이론상으로는 전부 배웠다. 지금 보는 석훈이 쓰는 몇 번의 공격만 보고도 태석은 그가 군 출신이라는 걸 알아차렸다. 그것도 수박 겉핥기식으로 배운 게 아닌, 아주 제대로 배운 전문가였다.

쉿!

팔꿈치가 턱 아래를 아슬아슬하게 스치고 지나갔다. 그런데도 시큼한 통증이 따라 올라왔다. 타격점이 아주 제대로라는 뜻이었다. 게다가 거의 모든 일격이 끊어 치는 방법을 사용하고 있었다. 타격의 집중을 밀어 쳐서 힘을 분산시키지 않고, 일순간 딱 끊으면서 집중점을 극대화하는… 제대로 맞으면 그냥 골로 간다. 그래서 그를 가르쳤던 이들도 이런 자들은 무조건 조심하라고 했었다.

한 방에 별이 반짝반짝거릴 거고, 그 짧은 순간 놓은 정신 때문에 당신은 요단강을 건널 거라고 말이다.

그래서 맞아줄 수 없었다.

퍽, 퍽!

턱을 노리는 주먹을 막고, 그 상태서 휘어 들어오는 팔꿈치도 막고, 정강이를 밀어 차는 발도 막았다.

그랬더니 이마가 확 날아왔다.

고개를 젖혀 피하는 순간 손바닥이 턱을 올려쳐 왔다. 정말 숨 돌릴 틈도 주지 않고 몰아붙이는 석훈 때문에 태석은 조금씩, 조금씩 지쳐갔다. 발목이 별로였다. 충돌하는 순간 제대로 못 빼서 비틀리기라도 했는지 발을 디딜 때마다 통증이 계속치고 올라왔다.

쉭!

태석은 다시 뒤로 한 걸음 물러났다.

그 순간 오금을 노린 로우킥이 살벌한 소리를 내며 지나갔다. 탁, 탁! 상체가 틀어지는 순간 태석은 그대로 아픈 발에 억지로 힘을 주고 달려들었다. 태클. 허리를 잡은 뒤 돌아, 그대로 백드롭을 걸었다.

쾅!

우직!

"큽……"

보닛에 뚝 떨어지며 철판이 우그러지는 소리까지 났지만 석훈은 떨어지는 순간 호흡을 멈춰 정신이 빠져나가는 걸 견뎌냈다.

빡!

태석이 자세를 다시 돌리는 순간 턱이 휙 돌아갔다. 그 짧은 순간에 발끝으로 돌아서는 태석의 턱을 걷어찬 것이다. 하지만 자세가 흐트러진 상태여서 큰 충격은 없었다.

빡!

하지만 뒤이어 다시 충격이 들어왔다. 팔 힘으로만 몸을 밀어서 막 물러나는 태석의 턱을 용케도 다시 찼다. 이번엔 제대로 들어왔다. 그 자세에서도 끊어 치기를 한지라 턱이 순간적으로 진동을 했고, 시야가 쭉 멀어졌다.

아작!

그래서 어금니로 볼살을 씹어 피를 터뜨렸다. 아찔한 통증에 정신이 돌아오면서 석훈이 앞구르기 후 몸을 날리는 게 보였다. 태석은 상체를 틀면서 바닥을 박찼다. 그러자 몸이 한쪽으로 휙 돌았다.

빠각!

석훈이 그렇게 좋아하던 팔꿈치로 귀 뒤쪽을 후려쳤다. 하지만 석훈의 발차기처럼 태석의 팔꿈치 공격도 제대로 된 자세에서 들어간 게 아닌지라, 제대로 된 충격을 줄 순 없었나 보다. 신음 하나 흘리지 않고 옆으로 굴러 몸을 세우는 석훈을 보니 말이다. 길가에 세워져 있던 차의 타이어를 짚고 일어나자 석훈도 천천히 따라 일어났다. 턱이 시큰거렸다. 몇 대 맞았다고 이렇게 통증을 느낀 게 얼마만인지, 태석은 왜 그런지는 모르겠지만… 이런 생각이 들었다.

'살아 있는 것 같네…….'

복수를 향해, 특정 몇 인의 테러를 위해 달려온 삶이었다. 이 삶은 길었다. 길고 긴 세월 동안 존 스테이너를 찾아 헤맸다.

'왜… 그런 내가 욕을 먹어야 해?'

나는 정당하다.

태석은 그렇게 생각했다.

복수를 위해, 복수를 꿈꾸는 게, 복수를 실행하는 게, 대체 뭐가 나쁜 거지?

태석은 이렇게 외치고 싶었다.

나도……! 피해자야!

그러나 그건 소리조차 없어야 될, 아우성쳐서도 안 될 개소리일 뿐이었다. 태석은 그런 사실을 모르고 있었지만 그래도, 말할 생각은 없었다. 구차하게 이러쿵저러쿵 떠드는 건 태석 스타일이 아니었다.

"내 딸 미소는… 참 예뻤어. 그리고 참… 착했지."

"……."

한 걸음 다가오며 시작된 석훈의 말.

그는 웃고 있었다.

희번덕거리는 눈빛이라 그 미소 자체는 살벌하면서도, 어딘가 처연해 보였다.

"일 끝나고 들어오면… 아빠… 고생했어요… 이렇게 말해줬고……."

"……."

"밥을 먹을 때면… 나 고생했다고… 그 고사리 같은 손으로… 어깨를 주물러 줬어."

"……."

"윤경이는 어땠는지 알아……?"

"……."

알 리가 있나.

얼굴 한번… 못 본 사람인데.

'아, 보긴 봤구나. 뉴스로.'

하지만 그뿐이었다.

그 여자는 아까도 말했듯이… 운이 없었을 뿐이었다. 태석이 그런 생각을 하는데 다시 석훈의 입이 열렸다.

"나이 서른 후반에 그녀를 만났지… 주임 원사의 소개였어… 흐흐."

"……."

"당시 서른 중반이었던 그녀는… 간호사였지. 군 병원의 간호사였어……. 그렇게 아름다웠는데도… 결혼을 안 했다는 게 난 신기했지……. 만나자마자 알았다니까……? 난… 이 여자를 사랑하게 되겠구나… 하고. 하고… 말이야."

느릿느릿 나오는, 침까지 줄줄 흘리면서 나오는 그 말속에는 광기가 스며들어 있었다. 주문 같기도 했고, 독백 같기도 했다.

"행복했어……. 암… 행복했지……. 두 번의 유산이 있었을 때는… 서로 너무 힘들었지만… 그래도 행복했어……. 난 그녀를 위해… 다니던 군을 나왔지. 그리고 우리 둘을 이어준 원사님의 소개로 경호 회사에 들어갔어……. 행복했어……. 그리 많은 봉급은 아니었지만, 그래도 말이야……. 우린 행복했다니까? 우리를 매일 미소 짓게 해줬던 미소가 세상에 태어나고 나서는… 더 행복했어. 아무것도, 그 어떤 것도 필요가 없을 만큼 우리는… 행복했다고. 어이, 알아?"

석훈의 눈빛, 입가에서 미소가 싹 사라졌다.

태석처럼 착 가라앉은 눈빛.

그런 그에게 태석은 물었다.

"그래서?"

"……."

그 질문에 이번엔 석훈의 말문이 턱 막혔다.

그 순간 귓가를 때리는 무전이 들어왔다.

―다 왔어! 신호 주면 바로 건너편 차도로 뛰어!

"……."

다행이다.

안 그래도 몸 상태가 별로였는데 조장철이 시기 좋게 차를 끌고 나타났다. 언제나 든든하다.

신보다, 악마보다 더, 그는 든든했다. 얼마 전에 이젠 그만두자고 하지만 않았으면 더욱 좋았을 텐데, 란 생각을 할 때쯤 석훈이 다시 달려들었다.

원투, 스트레이트.

스타일이 변했다.

쉭쉭 날아드는 주먹은 전형적인 아웃복서의 스텝 아래서 나왔다. 그래서 더욱 위력적이었다. 채찍처럼 촤악! 촤악! 거리는 소리가 소매의 펄럭이는 소리에 더해져 태석의 청각과 위험 본능을 자극했다.

틱, 틱, 다시 틱.

하지만 태석은 맞지 않았다.

십 년이 넘는 세월 동안 이를 갈며 수련해 온 근접 체술은 이 순간에 충실히 그 역할을 수행해 주고 있었다.

―빽!

귀로 신호가 들어왔다.

끼이이익!

동시에 뒤쪽에서 타이어 마찰음 소리도 들렸다. 고개를 돌려 확인할 것도 없었다. 조장철이 도착했다.

쉭!

라이트.

리드미컬한 동작이지만 갑작스럽게 들어왔다. 하지만 태석은 오히려 품으로 파고들었다. 복싱? 태석도 배웠다. 석훈이 아웃복서라면, 태석은 인파이터 스타일이었다.

픽!

빡!

라이트로 옆구리, 그리고 숏 어퍼컷.

짧은 콤비네이션으로 석훈을 흔들어놓고 태석은 어깨를 이용해 그대로 석훈을 들이받았다. 몸이 붕 떠서 석훈이 뒤로 넘어지자 태석은 바로 몸을 돌려 달렸다.

"여기! 여기야! 여기!"

도로 건너편에서 조장철이 창문을 내리고 손짓하며 소리치는 게 보였다. 하지만 너무 급했나?

끼이이익!

갑작스러운 타이어 마찰음에 태석이 고개를 돌리니 막 브레이크를 밟아 미끄러지고 있는 차가 눈에 보였다.

"시벌……."

태석은 조장철에게 아주 오래전에 배운 욕을 저도 모르게, 아주 오랜만에 뱉고 말았다. 하지만 그 찰나에 태석은 몸을 떠왔다. 쾅! 콰과광! 태석은 보닛에 떨어졌다가 그대로 힘에 밀려 바닥으로 머리부터 떨어졌다.

세상이… 반짝반짝거렸다.

빙글빙글, 요지경처럼 돌기도 했다.

"태석아!"

"으……."

이번 건 컸다.

머리가 어지러울 정도였다.

차에서 내린 조장철이 그에게 달려오는 게 보였다.

"태… 석!"

저 건너편에서는 석훈이 이를 갈고는 달려왔다. 하지만 계속해서 차가 지나가 건너오지 못했다.

"태석아! 괜찮냐!"

"빨리… 가자."

"그래! 팔! 팔 줘봐!"

"윽!"

조장철이 목에 팔을 거는 순간 온몸이 끊어지는 것 같은 통증이 일어났다. 불에 달군 침 수백 개를 동시에 몸에다가 꽂는 것 같았다. 부우웅……! 기차의 기적 소리 같은 대형 덤프 몇 대가 연달아 지나가며 석훈을 방해했고, 그사이 조장철은 태석을 안전하게 뒷좌석에 태웠다. 그리고 운전석으로 돌아온 다급한 표정의 조장철은 얼른 차를 출발시켰다. 태석이 탄 차를 보며 석훈은 이를 갈았다.

하지만 당연히 그런다고 멈추진 않았다.

부웅!

"으아아아!"

짜증과 비통, 애통함이 가득 서린 석훈의 외침을 끝으로 컷! 사인이 떨어졌다.

*　　　*　　　*

끼이익.

달리던 차가 천천히 멈추자 태석. 아니, 지영은 감았던 눈을 떴다.

"어으……."

"지영아, 괜찮어?"

"네, 근데 몸이 좀 쑤시네요."

"어이그! 그러게 왜! 그냥 대역 쓰지!"

"그럼 그림이 사나요? 어으, 저 스트레칭 좀 할게요."

차에서 내린 지영은 얼른 굳은 몸을 풀었다. 아까 태석이 차에 부딪치는 신은 지영이 직접 대역 없이 소화했다. 당연히 대역도 함께 왔지만 지영은 한사코 거절했다. 차가 달려오는 속도도 별로 빠르지 않았고, 그 정도는 솔직히 지영의 입장에서 별로 어려운 것도 아니었기 때문이었다.

그리고 박진감, 현실감을 살리려면 지영의 정면, 측면 샷을 동시에 따는 게 최고였다. 그래서 지영은 이번 신을 소화했고, 유해준은 핀잔을 주고 있었다. 지영의 몸값은 엄청나다. 그의 연기력이 가지는 가치 또한 정말 상상을 초월한다. 유해준은 그걸 알고 있으니 지영이 혹시 다칠까 봐 걱정한 것이다.

스트레칭을 하면서 몸을 풀고 있는데 류씨 형제들이 차례로 와서 괜찮으냐고 물어봤다. 지영은 당연히 유해준에게 했던 대답을 똑같이 해줬다. 몇 번 씩이나 진짜 괜찮다고 하고 나서야 둘은 물러났다.

그리고 유선정이 은재를 데리고 왔다.

은재의 눈빛은 별로였다.

다 괜찮았는데, 지영은 은재의 눈빛에만 뜨끔했다.

"왜……?"

"……"

이어서 침묵과 함께 심통이 잔뜩 난 표정으로 변신했고, 눈이 쪽 찢어졌다. 흘겨보는 그 시선이 차에 부딪치는 신을 찍었을 때보다 아팠다.

"나쁘다."

"미안."

"꼭 해야 했어?"

"응."

"에휴, 못 말리는 내 남자. 화내고 싶은데 그럴 수도 없게 만드네."

"하하."

지영이 그 말에 은재는 눈을 또 슥 째렸다.

"아픈 데는? 어디 다치고 그런 거 아니지?"

"응, 걱정 마. 단순히 스트레칭하는 거니까."

"……."

의심스럽게 바라봐서 지영은 겉으로는 웃고 있었지만 속으로는 뜨끔했다. 사실, 류승연과 격투 신을 찍을 때 처음 두 번 발차기에 맞는 장면이 있다. 그때 두 번째에 발끝이 진짜 턱 끝에 걸렸다. 그래서 은은한 통증이 남아 있지만 지영은 이 얘기는 굳이 하지 않기로 했다.

"더 남았어?"

"두 신 정도?"

"그래? 오늘 안에 끝나?"

"아니, 오늘은 여기까지 하고, 나머지는 내일 찍을 거야."

"다행이다."

"왜?"

"힘들어 보여."

"……."

그 말에 사실 흠칫 놀랐지만 지영은 내색하지 않았다. 그래서 그냥 웃었다. 지금 자신의 눈빛이 어떤지는 안 봐도 비디오였다.

"어이, 강 배우! 알콩달콩도 좋은데 신은 확인해야지 않았어?"

멀리서 유해준이 그렇게 외치는 바람에 지영은 '네!' 하고 대답한 뒤에 은재를 바라봤다.

"얼른 갔다 와."

"응."

지영은 고개를 끄덕이곤 영상을 확인하러 갔다. 다행히 세 사람, 아니, 네 사람이 집중해서 영상을 확인했다.

전투 신 오케이, 도로 신 오케이, 차에 부딪치는 신도 오케이. 대사도 깔끔했고, 그 안에 담긴 감정도 오케이. 그리고 눈빛과 표정으로 전달하는 감정까지 전부 오케이. 짝짝짝! 류승현 감독이 박수를 치고 오늘 촬영은 이걸로 마무리하자고 선언했을 때는 해가 이미 뉘엿뉘엿 지고 있었다.

오늘 촬영도 끝났으니, 이제 노르웨이에서의 촬영도 내일 딱하루 남아 있었다.

삐이이이……

귀에서 이명이 들렸다.

"으……."

"태석……. 태석아……!"

귓가로 어렴풋이 들려오는 조장철의 목소리에 태석은 천근만근 무거운 눈꺼풀을 겨우 들어 올리고 뿌옇게 안개 낀 세상을 바라보려 노력했다. 잠시 시간이 지나자 이명이 가라앉고, 안개가 걷혔다.

"태석아! 야, 태석아, 인마!"

"형……."

"그래, 인마! 이놈 이거! 식은 땀 좀 봐! 어이구, 진짜……."

조장철은 울고 있었다.

닭똥 같은 눈물을 줄줄 흘리고 있었다.

석훈과 싸운 뒤, 태석의 몸 상태는 극도로 안 좋아졌다. 아니… 애초에 안 좋았다. 왜? 태석은… 지병이 있었다.

뇌종양(Encephaloma, 腦腫瘍).

그것도 악성이었다.

그래서 태석은 두 달도 채 지나지 않았는데 벌써 네 번의 테러를 일으킨 것이다. 그래서 이름이나 얼굴이 밝혀지는 것도 일절 신경 쓰지 않았다. 지체하다가는 기회조차 잡을 수 없을 것 같아서였다. 만약 태석이 정말 꼼꼼하게 움직였다면, 석훈은 절대 그를 찾지 못했을 것이다. 하지만 그럴 수 없었다.

태석은 느끼고 있었다.

항정신성 진통제로도, 강력한 마약으로도 고통이 완전히 가라앉지 않는 걸 보니, 끝이 머지않았다는 것을 말이다.

아까 석훈과 싸웠을 때 차에 치이고 머리부터 떨어졌는데 그게 아무래도 머릿속 뇌간을 슬쩍 건드린 것 같았다.

솔직히 그 정도로 태석이 움직이지 못한다는 건 말이 안 됐다. 복수를 위해 체력을 강철같이 키워놨었다. 그런데도 몸이 움직이지 않았다. 그건 화약고에 연결해 놓은 심지에 불이 붙었다는 뜻이었다.

손이 저릿하고, 두통이 찾아오고, 눈앞에 환상이 펼쳐졌었다.

"야, 인마, 태석아! 정신 차려봐!"

흰머리 지긋한 조장철의 애끓는 고함에 태석은 머리를 털었다.

"형, 됐어. 이제 괜찮아."

그런데도 나오는 목소리는 지극히 담담했다. 이런 대답은 어려서부터 배웠다. 아파도 아픈 티를 내면 소매치기단 두목이 무자비한 폭행을 했기 때문에 아파도 신음 소리를 내지 말아야 했고, 대답할 때도 이렇게 괜찮은 척 연기를 해야 했다. 나중에 그 두목은 직접 죽였지만, 그때 이미 몸에 충실히 익었는지 그 버릇은 없어지지 않았다.

상체를 세우니 오슬로 근교에 있는 아지트의 풍경의 보였다.

"용케도 왔네."

"그럼 인마, 내가 또 베스트 드라이버자녀. 허헛. 그보다 태석아, 진짜 괜찮어? 너 난리도 아니었어."

"괜찮아. 그냥 꿈자리가 사나웠어."

"……"

후우.

치익.

한숨과 함께 조장철이 담배를 꺼내 입에 물었다. 태석도 손을 내밀었고, 그가 피워준 라이터 불로 담배에 불을 붙였다.

"그놈은?"

"아, 그 한국 사람? 못 쫓아왔어."

"징 하던데."

"그러니까. 눈빛이 아주 살벌햐. 태석이 니 눈빛 보는 것 같았다니까? 근데 그 인간은 뭐 하는 인간이래? 한국 요원인가?"

"나 때문에 죽었대."

"누가?"

"후읍, 후우……"

뭉게뭉게 올라가는 연기를 보며 태석은 툭 던지듯이 대답했다.

"자기 아내랑 딸이."

"……"

"유연정 그년 죽일 때 왜, 앞에 지나가던 모녀도 같이 피탄됐잖아."

"……"

"그게 자기 딸이랑 와이프래."

"……"

"그래서 날 찾아왔나 봐."

태석의 담담한 말에 조장철은 입술을 질끈 깨물었다. 절대 평범하게 들어 넘길 수 없는 말이었다. 조장철은 많이 자책했다. 한국 언론에서 그렇게 자신들에 대한 성토를 할 때마다 반드시 껴 있는 게 바로 그 두 사람이다.

"운이 없었어. 그치?"

"……"

태석의 말에 조장철은 대답하지 못했다.

당시 사용했던 탄은 방탄유리까지 부술 목적으로 철갑탄을 사용했다. 그래서 무지막지한 관통력을 지닌 채 유연정의 얼굴을 뚫었고, 딱 뒤로 스쳐 지나가던 모녀의 몸도 같이 뚫어버렸다. 그래, 사고였다.

운이 없는 사고.

태석에게는 그 정도의 일밖에 되지 않았다.

그래서 조장철은 입술을 질끈 깨물었다.

어려서 험난하게 자라며 인격의 성장이 제대로 이루어지지 않았던 것은 알고 있었다. 하지만 이 정도일 줄은 요 근래 알았다. 워낙에 자신의 목소리를 안 내기 때문이었다. 그러다 지금 알게 되니 소름이 돋았다. 하지만 같이한 세월이 있어 어떻게 할 수도 없었다.

"형, 내 말이 맞지? 운이 없었잖아."

"태석아……"

"내가 잘못 생각하고 있는 거야?"

"우리… 그만할까?"

"……."

그 말에 태석의 시선이 조장철에게 느릿느릿 움직였다. 새까만 유리알 같은 눈동자. 칠흑으로 점철된 무저갱 같은 눈빛이었다. 두 사람은 그렇게 시선을 마주치고 한참을 있었다. 침묵을 먼저 깬 건 태석이었다.

"왜?"

"그, 그게……."

"왜 이제 와서?"

"태석아… 아무래도 이건……."

"이제 존 스테이너. 본명 강유석. 그 새끼 하나 남았는데."

"……."

"왜?"

태석의 질문에 조장철은 대답하지 못했다. 할 수가 없었다. 자신도 죽이고 싶었다. 최악의 살상 무기를 만들어 실험까지 한 그 개자식은 찢어 죽여도 시원치가 않았다. 그의 아내와 딸도 그 실험에 의해 희생됐다. 게다가 악랄하게도 놈은 두 가지의 신경가스를 살포했다. 태석의 가족이 시퍼렇게 피부가 변색된 채 죽었다면, 조장철의 가족은 말라비틀어져 마치 미라처럼 시체도 온전히 보전 못 한 채 죽었다. 게다가 놈들은 무슨 수를 쓴 건지 시체마저 중간에 가로채 버렸다. 조사하면 당연히 독극물, 혹은 생화학 무기에 위해 죽었다는 게 밝혀지니 미연에 가로채, 아무도 모르게 처리해 버린 것이다.

그렇게 두 사람은 가족의 넋조차 위로하지 못했다. 그리고 그런 모든 지시를, 모든 명령을 존 스테이너, 그 개새끼가 내렸다.

"그런 놈이 동료라던 사람의 넋을 기리러 다시 노벨 평화 센터에 온다잖아. 천재일우의 기회. 이거 형이 했던 말이지? 그래, 천재일우의 기회가 왔는데 왜 그만하잔 말을 해?"

"태석아… 그런 계획이라도 변경하자. 응? 거기다가 가스를 살포하면… 많은 사람이 죽어!"

"그거 말고 확실한 방법이 있어? 총도 구할 시간이 없잖아. 돈도 없고. 우리한테 남은 건 그놈의 금고에서 빼돌린 신경가스, 이것 하나밖에 없잖아."

"…그, 그래도!"

"이번 기회를 놓치면 다시없을 거란 것도 알지? 놈은 우리가 가스를 훔친 걸 알고 꽁꽁 숨을 거야. 등신이 아닌 이상 타깃이 자기라는 건 지금도 알고 있을 테니까. 그런 놈이 이미지 때문에 마지막으로 나왔어. 다행히 우린 이곳에 있고. 형, 그래도 그만할 거야?"

"……."

"싫으면 말해. 나 혼자 할 테니까."

"하아……."

조장철은 한숨을 내쉬었다.

그는 오랜 시간 태석을 알았던 만큼, 태석을 잘 안다. 그는 절대로 이번 테러를 멈추지 않을 것이다. 그는 고민의 과정이 없었다.

해야 되는 일.

안 해도 되는 일.

딱 이런 식으로 분류되어 있다.

고민을 한다 해도 극히 짧은 순간일 뿐이다. 그에게 가족을 위한 복수, 자신의 유년 시절에 대한 복수는 해야 되는 일이었다. 그것도… 반드시라는 단어가 앞에 붙어 있었다. 그러니 태석은 절대 포기하지 않을 것이다.

지잉…….

두개골이 쪼개지는 것 같은 통증에 태석의 표정이 일순 꿈틀거렸다. 하지만 조장철은 그걸 못 보고 자리에서 일어나 밖으로 나갔다. 그가 나가자 태석은 침대에서 일어나 서랍 깊은 곳에서 약을 꺼내 입에 털어 넣었다. 그리고 책 사이에 숨겨놨던 주사기를 소독하고, 팔꿈치에 꽂고 약을 흘려 넣었다.

약은 약인데, 마약이었다.

빙글, 빙글.

세상이 일순간 회전을 시작했다.

그리고 원근감이 무너졌다.

멀어졌다가, 가까워졌다.

태석은 침대에 앉아 눈을 감았다.

지끈거리던 통증이 서서히 사라져 갔다. 마치 마법처럼, 처음부터 없었던 것처럼 깔끔하게 지워졌다.

한 시간 가까이 눈을 감고 있던 태석은 다시 눈을 떴다.

시야가 흐릿하고, 조명 때문에 눈이 좀 뻑뻑해졌지만 그래도 처음보다는 훨씬 나았다. 태석은 몸이 좀 괜찮아지자 캐비닛에서 작은 케이스를 하나 꺼냈다. 비밀번호를 맞추고 케이스를 열자 작은 유리병 하나가 나왔다.

그 유리병에는 투명한 액체가 가득 들어 있었다.

이게 존 스테이너, 강유석이 가지고 있던 생화학 무기 중 하나였다. 그 유리병을 태석은 조심성 없이 꺼내 들어 올렸다.

씩.

전에 없던 미소가 태석의 입가에 걸렸다.

"강유석. 당신은 당신이 실험했던 무기에 죽게 될 거야. 내가 반드시… 그렇게 만들어줄게."

그런 태석의 독백이 흐릿한 조명 아래 속에서 울려 퍼지다가 흩어져, 사라졌다.

*   *   *

"컷!"

류승현 감독의 컷 사인에 태석, 아니, 지영은 손에 들고 있던 유리병을 천천히 다시 케이스에 넣었다. 별것 아닌 물건이었다. 안에는 물이고, 겉 재질은 그냥 단순한 유리병이었다. 유리라 깨지면 날카롭긴 하겠지만 큰 위협은 안 되는 물건이었다. 그런데 지영은 순간적으로 이런 무기가 진짜 있고, 이걸… 쿠삭을 고용한 IS의 본거지에 터뜨리면 어떨까, 하는 생각을 순간적으로 해버렸다.

'정신 차리자.'

그래서 고개를 흔들어 그런 생각을 털어낸 뒤에 지영은 자리에서 일어났다. 쓸데없는 생각이다.

아직은.

"여, 강 배우. 오늘도 퍼펙트. 키야."

안으로 들어온 유해준의 넉살에 지영은 픽 웃고 말았다. 이 사람은 참 유쾌했다. 게다가 배울 점도 많았다. 지영은 감정을 한번 올리고 나면 여파가 남아 있는 편이지만 이 사람은 그 여파를 바로바로 지울 줄 알았다.

그걸로도 모자라 오히려 지영을 항상 유쾌한 말로 케어해 줬다.

"아니, 어쩜 그리 연기를 잘해? 비결이 뭐야, 있으면 나도 좀 알려주면 안 되나? 응?"

"픕, 괜찮아졌어요."

"그래? 그럼 그만해야지. 자, 영상이나 확인하러 가자."

"네."

확인해 본 결과 다행히 영상은 큰 문제가 없었다. 태석의 흔들림 없는 감정, 조장철의 깊은 고민이 전부 제대로 담겨 있었다. 집 밖의 오슬로 근교 주변 숲, 강에서 몇 신을 더 찍은 뒤에 고개를 끄덕인 류승현 감독이 철수 명령을 내렸고, 스태프들이 일사불란하게 움직여 촬영기기를 회수해 트럭에 실었다.

이제 마지막 장소로 이동할 시간이었다.

먼저 노벨 평화 센터로 유해준과 함께 출발한 지영은 마지막, 노르웨이의 풍경을 가슴에 담았다.

"오늘로 마지막이네. 어뗘, 기분이?"

"그냥 뭐, 좋아요."

"그치? 여기서 연인도 만나고? 내 궁금한 게 진짜 많은데 참는겨. 허헛!"

"그렇게 안 궁금해 하셔도 돼요. 뭐, 어차피 다 알려질 얘긴데요."

"그려? 참 신기하단 말이야."

"또 뭐가요?"

유해준은 싱글 웃으면서 음흉한 목소리로 말했다.

"언제 그리 참한 처자를 낚았대?"

"낚기는요. 오히려 제가 낚인 거죠. 은재가 보기보다는 정말 대단하거든요."

"니가 낚인겨? 이런… 강 배우, 생각보다 쉬운 남자였네?"

"하하. 뭐 그런 셈이에요. 근데 은재라면 휘둘려 주고 싶은 생각도 있어요."

"흐흐, 그려, 남자는 좀 휘둘려 줘야 살기 편한겨."

오늘따라 심한 충청도 사투리가 지영은 왠지 정겹게 느껴졌다. 그렇게 대화를 나누고 있다 보니 어느새 오슬로 도심으로 들어섰다. 이국적인 향취가 가득 풍기는 거리와 건물이지만 몇 날 며칠간 보다 보니 이제는 어느새 익숙해져 버렸다. 다시 한 참을 달려 노벨 평화 센터 앞에 내린 지영은 주변을 둘러봤다.

이미 한 번 여기서 촬영을 해서 그런지 새롭다는 느낌은 들지 않았다. 잠시 기다리자 촬영 팀 차량이 속속 도착했고, 근처 시청에서 나온 관계자와 짧은 대화 이후 바로 촬영 준비에 들어갔다.

어슬렁, 어슬렁.

류승연도 도착해 대기에 들어갔고, 촬영 준비가 끝나자 단역 배우, 유해준, 그리고 지영까지, 전부 위치에 섰다.

마지막 촬영이라 그런지 긴장감이 여느 때와는 다르게 팽창해 주변을 가득 매웠다. 지영은 눈을 감고 심호흡을 했다.

'후우······.'

찰나가 영원처럼 느껴지는 긴 호흡 뒤에, 류승현 감독의 사인이 떨어졌다.

"레디, 액션!"

*   *   *

노르웨이에서의 마지막 촬영은 무사히 끝났다. 그리고 폭설로 인해 며칠간을 쉬었기 때문에 촬영 팀은 따로 휴가 없이 곧바로 귀국길에 올랐다. 길고도 길었던 노르웨이 로케가 끝난 것이다. 지영은 비행기에 타고 나서 내리 여섯 시간을 잠들었다. 한국까지의 이동은 노르웨이 정부가 나서주었다.

특별히 촬영 팀에게 전세기를 무상으로 대여해 줬다. 그 이유야 뻔했다. 지영에게 있었던 테러가 자국에서 일어났기 때문이었다. 그에 대한 보상이었고, 잠시 고민 끝에 지영은 그걸 받아들였다. 그래서 촬영 팀 전체가 편하게 한국으로 돌아갈 수 있었다. 이미 언론에 지영의 귀국 소식이 전해져서 도착하지도 않았는데 인천공항은 몰려든 기자들로 인산인해를 이루었다. 거기다 팬클럽 소정까지 가세, 말 그대로 발 디딜 틈도 없어질 정도였다. 수천이 아닌, 수만이 몰려들었다.

그들 모두가 지영의 무사한 모습을 보고 싶어 했다. 솔직히 테러, 암살 같은 건 영화에서나 나오는 일이었다. 특히 한국은 수십 년 간 테러가 단 한 차례도 없었던 안전 국가이기도 했다. 그런데, 한 사람에게 두 번이나 테러가 일어났다.

그로인해 5년의 시간을 빼앗겼고, 이번에 또 다시 킬러가 그를 노렸다. 와닿지는 않지만 그게 얼마나 무섭고, 위험했던 건지 어느 정도의 사고 능력만 있어도 충분히 유추가 가능했다. 그랬기 때문에 몰려들었다.

무사한 그를 잘 웃어주지 않지만 담담한 그의 얼굴이라도 보려고. 그래서 덕분에 공항 측만 난리가 났다.

탑 스타들의 회동하면 으레 번잡해지기는 하지만 이 정도는 그들로서도 처음 겪는 일이었다. 엄청난 화력을 동원하는 남성 아이돌 팀도 이 정도는 아니었었다. 그러나 골머리를 썩던 공항 측이 우려하던 일은 벌어지지 않았다.

수만 명이 모였고, 그중에 99%가 여성임에도, 이들은 조용했다. 피켓 같은 걸 들고 나오지도 않았고, 소란을 피우지도 않았다. 오히려 적당한 선을 정해 공항을 실제로 이용하는 관광객이나 시민들에게 피해가 가지 않도록 철저하게 방지하며 행동했다. 이런 게 어떻게 가능하나 봤더니 교복을 입은 여학생들은 거의 보이지 않았다.

대다수가 사복 차림이었다.

그리고 월차를 쓰고 왔는지 커리어 우먼의 전형적인 패션을 한 여성들도 상당히 많았다. 소정이 20대에서 40대를 아우르고, 그중 가장 많은 층이 30대였다. 그러다 보니 팬덤 문화가 엄청나게 성숙한 방향으로 성장했고, 자신들의 행동 하나하나가 지영에게 민폐를 끼친다는 걸 잘 아니 최대한 조심, 또 조심했다.

이것만 해도 놀라운데 더 놀라운 건… 이게 통제가 된다는 점이었다. 소정 팬클럽의 회장은 군중심리를 아주 잘 이용하는 사람이었다. 대다수가 행동하면 불만이 있는 남은 소수도 따라올 수밖에 없다는 걸 아주 잘 알았다. 그래서 애초에 공지를 내릴 때부터 불편한 행동을 하는 이들은 반드시 팬 카페에서 퇴출시키겠다고 강경하게 적어놨다. 그러다 보니 불만이 있어도 겉으로 표출하는 이는 굉장히 적었다.

그런 소정 팬클럽의 행동에 기자들도 신기해서 기사를 작성해 먼저 데스크에 보냈을 정도였다.

그렇게 그들이 성숙한 팬덤 문화를 선보이며 조용히 기다리던 지영이 모습을 드러냈다. 그가 평소에도 선호하는 청바지에 흰 셔츠 차림, 그리고 선글라스에 아무렇게나 쭉쭉 뻗은 머리까지.

건강한 모습이었다.

촤자자자작!

카메라 플래시 터지는 소리만 들리는 이상한 환영이었다. 팬들은 폰으로 사진을 찍은 뒤에, 기자들이 사진을 다 찍자 그제야 박수를 쳤다. 근데 진짜 딱, 박수만이었다. 함성이나 이런 소란은 일절 일으키지 않았다.

지영도 놀라서 눈을 동그랗게 떴을 정도였다. 원래는 피곤해서 바로 집으로 가려던 지영도 마음을 고쳐먹었다.

이렇게 성의를 보여주는데 그냥 가는 건 아무래도 예의가 아닌 것 같아서였다. 급하게 기자회견장이 마련됐다.

그러면서 일부 소란이 생겼지만 그것도 금방 가라앉았다. 지영은 간단하게 인터뷰를 했다. 선글라스를 벗은 지영의 눈빛이 매우 지쳐 보였음을 안 기자들도 지영을 자극하는 어리석은 짓은 하지 않았다.

열 개 정도의 평범한 질문에 답을 했고, 지영은 고개를 꾸벅, 꾸벅 숙여 인사를 하고는 공항을 벗어났다. 그리고 팬클럽 소정의 팬들도 각자의 길로 조용히 빠져나갔다. 그들에게는 지영 자체가 하나의 이벤트였다. 이벤트가 끝났으니 이제 공항에 더 있을 이유가 없던 것이다. 김지혜가 조용히 끌고 온 차량에 몸을 실은 지영은 그길로 집으로 향했다.

*　　　　*　　　　*

집으로 가는 길.

지영이 타고 있는 차에는 한정연과 이성은이 아닌 다른 두 사람이 함께 타고 있었다. 바로 유선정과 은재였다. 은재는 지영의 집으로 가기로 했다. 처음 지영이 말을 전했을 때 은재는 고민하지도 않고 고개를 끄덕였다. 사실 은재가 갈 만한 곳이 없었다. 그것도 대한민국 땅 어디든 말이다.

대성이라는 거대한 그룹의 안주인 중 한 명이 노리고 있는데 어디든 안전할까? 하지만 지영의 집이라면 이야기가 달랐다.

왜?

전문 경호 업체를 고용한 것은 물론, 강상만의 직업이 검사였기 때문이다. 그것도 검찰총수인 총장이었다.

김은채가 말했던 상년이 정말 미치지 않은 이상에야 검찰총장의 집에 미친 짓을 하기는 힘들었다. 그래서 현재 대한민국 내에서는 지영의 집이 은재에겐 가장 안전했다. 마침 은재는 이미 임미정, 강상만과 친분이 있었다.

임미정은 은재를 매우 챙겨줬었고, 강상만은 티는 별로 내지 않았지만 항상 밝은 은재를 기꺼이 봤다. 문제는 지연이지만 밝은 지연이가 은재를 꺼려 하지는 않을 것 같았다. 비행이 피곤했는지 지영도, 은재도 가는 길 내내 계속 잠들어 있었다. 오슬로에서 자정이 되기 전 출발해 핀란드 헬싱키를 경유, 한국에 도착한 게 오후 2시경이었다. 그리고 기자회견을 잠시 가지면서 2시간 가까이를 썼고, 현재 시각이 오후 5시가 됐다. 퇴근 시간도 아닌데 역시 서울로 가는 길은 조금 막혔다.

그래서 그 시간 동안 결국 두 사람은 다시 잠든 것이다.

결국 1시간이 더 지나고 나서야 집 앞에 도착했고, 유선정이
두 사람을 깨웠다. 잠에서 깬 지영은 비몽사몽한 눈으로 주변
을 둘러보다가, 집 앞인 것을 알고는 천천히 기지개를 켰다.

"끄으응!"

"으음……."

오랜 비행에 지친 건지 은재는 잘 일어나지 못했다. 지영이
보니 미간이 살짝 찌푸려진 게 어디 아픈 것 같았다. 잠이 번
쩍 깬 지영이 유선정을 바라보자 그녀는 바로 은재를 체크했
다. 그동안 은재도 잠에서 깨서 몽롱한 눈빛이지만, 또렷한 발
음으로 말을 꺼냈다.

"이모, 나 괜찮아요……."

"아가씨, 병원으로 가셔야겠어요."

"내일, 내일 갈래요. 오늘은 인사부터 드리고요."

"아가씨."

"그냥 비행에 지쳐서 그래요."

"후우, 알겠습니다."

유선정이 한발 물러서자 김지혜는 그제야 차 문을 열었다.
이미 해가 내려앉았지만 그래도 노르웨이보다는 따뜻했다. 차
문이 열리자 가장 먼저 보인 건 지연이의 손을 꼭 붙잡고 있는
임미정이었다.

반가움에 미소 지으며 내리려던 지영은 임미정의 얼굴을 보
고는 잠시 흠칫했다. 웃고는 있는데… 분명 웃고는 있는데 걱
정과 반가움이 요상하게 뒤엉켜 있는 미소였다. 지영은 바보가

아닌지라 임미정이 그런 미소를 짓고 있는 이유를 금세 파악했다. 게다가 눈 밑이 거뭇한 게 피곤함까지 보였다.

'밤잠도 제대로 못 주무셨겠지.'

암살 시도를 받았던 지영의 이야기는 TV, 라디오, 스마트 폰을 가지고 있는 누구라면 모두가 알고 있는 이야기였다. 그러니 임미정이 저런 표정을 짓고 있는 건 이상한 게 아니었다. 세상 모든 엄마는, 원래 그런 법이니 말이다.

"다녀왔습니다."

"아들, 고생했어."

지영이 밝게 인사를 하자 그제야 겨우, 억지로 표정을 풀고 지영을 안아주는 임미정이었다.

목소리는 담담했지만 평소의 포옹보다 훨씬 힘이 들어갔고, 게다가 떨림까지 보였다. 얼마나 걱정했는지 알 수 있는 대목이었다.

"오빠! 나두! 나두!"

지연이의 보챔에 지영은 얼른 안아 올렸다.

"그래, 지연아, 오빠 보고 싶었어?"

"응! 오빠는? 오빠는 지연이 보고 싶었어?"

"그럼, 우리 지연이 엄청 보고 싶었지. 지연이가 꿈에 몇 번이나 나왔었다니까?"

"진짜? 이히히."

기분 좋게 웃는 지연이를 다시 내려주자 임미정이 유선정의 도움을 받아 내리는 은재에게 다가갔다. 이미 집에는 연락을 했었다. 은재를 찾았고, 집으로 같이 갈 거라는 말도 했었다. 강상만도 임미정도 지영이 은재를 데리고 집으로 온다는 말에 전혀 거부감을 나타내지 않았다. 오히려 잘됐다면서, 얼른 데리고 오라는 말을 전해줬다. 강상만은 아마 어느 정도는 알고 있었을 것이다.

검찰총장 이전에도 검찰청 몇 손가락 안에 들어가는 그는 남들이 모르는, 웬만한 기업들의 비사는 거의 파악하고 있었다.

수사 대상이 되지 않으면 관심이 크게 없는지라 평소에는 신경을 안 썼지만 은재가 대성그룹과 연루되어 있는 걸 알았으니 아마 어느 정도는 알아봤을 거고, 그 안의 내막 정도도 파악했을 것이다.

대한민국 검찰청은 그럴 만한 정보력을 가지고 있었다. 그러니 왜 지구 반대편인 노르웨이에 은재가 있었는지도 알고 있었을 것이다. 강상만이 알아냈으니 임미정도 당연히 알았을 거고, 그래서 두 사람은 반대하지 않았다. 오히려 임미정은 조금 어색해하는 은재를 따뜻하게 안아줬다.

"아……."

그런 행동에 놀라고, 그 행동에서 전해지는 온기에 놀란 은재가 낮게 탄성을 흘리자 그녀의 등을 다독이며 임미정이 조용하게 말했다.

"고생 많았지?"

"……."

"이제 걱정 안 해도 돼."

"……."

보통 여기서는 눈물이 찔끔! 해줘야 정상인데…….

'누가 유은재 아니랄까 봐…….'

오히려 웃었다.

같이 마주 포옹을 하고 잠시 뒤에 두 사람이 떨어지자 지연이가 도도도 달려갔다.

"어! 예쁜 언니다! 언니!"

"어머, 지연아, 안녕? 우리 오랜만이네?"

"응! 이히히!"

지연이가 반가워서 은재에게 몸을 날리려 하는 걸 임미정이 얼른 잡았다. 지영이 은재가 수술한 것도 얘기했기 때문에 혹시라도 아플까 봐 나온 행동이었다. 볼이 빵빵하게 올라왔지만 임미정의 설명에 지연이는 바로 고개를 끄덕였다.

"여기서 이러지 말고 들어가요."

"그래, 얼른 들어가자. 두 분도 들어와서 차 한 잔씩 하세요."

"네."

"네."

김지혜와 유선정이 동시에 대답하곤 두 사람의 짐을 챙겨 집 안으로 들어갔다. 현관문을 넘어 집 안으로 들어간 지영은 좀 놀랐다.

집 안 구조가 확 변해 있던 것이다. 전체적인 인테리어는 물론, 휠체어를 타야 하는 은재를 위해 턱까지 전부 제거했고, 부딛칠 만한 것들은 전부 치워 버렸다.

전등의 버튼도, 화장실이나 방문의 손잡이도 전부 낮게 달려
있었다.

지영이 함메르페스트에서 은재와 내려오기로 정했을 때, 그
때 전화를 했으니 한 달 가깝게 시간이 있었다. 그동안 임미정
은 바로 리모델링을 감행한 것이다. 그 모든 게 은재를 위해서
였다. 또한 그렇게 하는 게 지영을 위해서이기도 했다.

안방의 손잡이까지 낮게 달려 있는 걸 본 지영은 임미정에게
물었다.

"아버지랑 어머니 방은요?"

"윗방으로 옮겼어."

"네? 이 층에 큰 방 없잖아요."

"마당에 창고 하나 만들고 짐은 다 그리 옮겼지. 그리고 그
창고를 다른 방이랑 합치려고 벽을 텄어. 그랬더니 지금 안방
사이즈는 나오더라."

"아……."

4주면 그 정도 작업하기에는 물론 충분한 시간이었다.

지연이는 같은 층에서 방 쓰게 됐다면서 오히려 더 좋아하
고 있었다. 일 층에 있는 방은 총 세 개였다.

"니 방도 일 층으로 옮겨놨어. 은재가 큰 방, 지영이 니가 중
간 방. 선정 씨가 가끔 자야 하는 날이 오면 가장 작은 방 쓰시
면 돼요."

임미정은 완벽하게 준비해 놓고 있었다.

사실 한 가정이 살던 집에 외부인이, 그것도 둘이나 들어와서 사는 건 상당히 힘든 일이다.

　"저는 요 앞 오피스텔을 이미 잡아놨어요."

　유선정의 말에 임미정은 고개를 끄덕였다.

　그렇다면야, 뭐.

　"자, 그럼. 은재 방 한번 볼까?"

　"아… 네."

　이 정도까지 해줄 줄은 지영도 몰랐지만 은재는 더더욱 몰랐다. 그래서 각오 단단히 하고 왔는데… 웬걸? 모든 걸 자신에게 맞춰주고 있었다.

　드르륵.

　심지어 문도 앞뒤로 여는 게 아닌, 슬라이드였다. 문틈을 좀 더 넓히고, 반으로 접히는 슬라이드 문을 달았다.

　그리고 드러난 안방은 엄청났다.

　"……."

　하늘과 바다를 닮은 파랗고, 시원한 상쾌함이 가득 느껴지는 인테리어였다. 유선정은 물론 김지혜도, 의미심장한 임미정도, 그리고 지영도 놀랐다. 하지만 가장 크게 놀란 건 역시, 은재였다.

　그런 은재의 귀로 임미정의 목소리가 스윽, 나비처럼 날아들었다.

　"은재도 이제… 우리 가족이니까."

　"……."

또르르.

그 말에 놀라 뒤돌아보는 은재의 볼을 가로지르며 눈물 한 방울이 뚝 떨어졌다.

『천 번의 환생 끝에』 7권에 계속…

초대형 24시 만화방

신간 100%, 샤워실, 흡연실, 수면실(침대석), 커플석, 세탁기 완비

▪ 광명 광명사거리역점 ▪

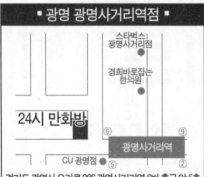

경기도 광명시 오리로 986 광명사거리역 6번 출구 앞 5층
02) 2625-9940 (솔목타워 5층)

▪ 강북 노원역점 ▪

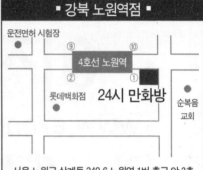

서울 노원구 상계동 340-6 노원역 1번 출구 앞 3층
02) 951-8324 (화용빌딩 3층)

▪ 일산 정발산역점 ▪

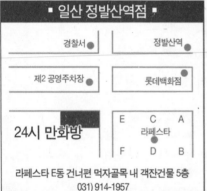

라페스타 E동 건너편 먹자골목 내 객잔건물 5층
031) 914-1957

▪ 일산 화정역점 ▪

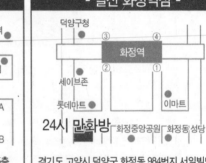

경기도 고양시 덕양구 화정동 984번지 서일빌딩 7층
031) 979-4874 (서일사우나 건물 7층)

▪ 부천 역곡역점 ▪

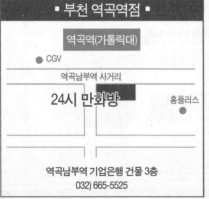

역곡남부역 기업은행 건물 3층
032) 665-5525

▪ 부평역점 ▪

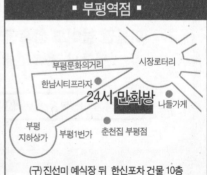

(구)진선미 예식장 뒤 한신포차 건물 10층
032) 522-2871

FUSION FANTASTIC STORY

설경구 장편소설

저니맨 김태식

한 팀에서 오래 머물지 못하고
이 팀, 저 팀을 옮겨 다니는
저니맨(Joruney man)의 대명사, 김태식!
등 떠밀리듯 팀을 옮기기도 수차례.

"이게… 나라고?"

기적과 함께 그의 인생에 찾아온 두 번째 기회!

"이제부터 내가 뛸 팀은 내 의지로 선택한다!"

더 이상의 후회는 없다!
야구 역사를 바꿔놓을
그의 새로운 야구 인생이 펼쳐진다!

Book Publishing CHUNGEORAM

유행이 아닌 자유추구~
WWW.chungeoram.com